Günter Ricke · Die Brandsäule

AF192076

*Die **Brandsäule** ist eine auf Tatsachen beruhende Erzählung, welche sich in Eckartsberga, nahe Naumburg gelegen, ereigneten.*

Am 12. Martii 1562 kam es, am Nachmittag gegen 16 Uhr in Eckartsberga zu einem schrecklichen Ereignis, einem fürchterlichen Brand, dabei starben 17 Personen und 400 Stück Vieh kamen um.

Die Dienstmagd des Bauern Sebastian Nerrens vel Nierens entzündete an diesem Tag aus Eifersucht die Stallungen Ihres Dienstherrn.

Aus dem Grund wurde kurze Zeit später die Magd vom Hohen Gericht als Hexe verurteilt und musste verbrennen.

Wie sich später herausstellte war es ein ungewöhnlicher Hexenprozess.

Günter Ricke

Die Brandsäule

Aus dem Leben einer Dienstmagd

2003
© Günter Ricke
Satz und Layout: Buch & medi@ GmbH, München
Umschlaggestaltung: Kay Fretwurst, Spreeau
Herstellung: Books on Demand GmbH, Norderstedt
Printed in Germany
ISBN 3-8330-0813-X

Inhalt

Nichts brennt so heiß wie Liebe,
wenn sie missbraucht wird
und in Hass umschlägt.
Dieses Feuer schüre nie,
weil es vernichtend züngeln kann
und die Menschen verbrennt.

Die neue Magd

Der neue Dienstherr, Sebastian Nerrens vel Nierens, erwartete die vom Pfarrer empfohlene Dienstmagd, die Magdalena aus Rehehausen, am Mittagstisch.

Der Ortspfarrer hatte sie dem Bauer vermittelt, da es bei der Bäuerin keine Magd lange aushielt, weil die Herrin nie mit den Mägden zurecht kam.

Der Pfarrer sagte deswegen zum Bauer: »Diese Magd wird Euch keinesfalls davonlaufen oder zur Gefahr für den Jungbauer werden. In dem Fall braucht Ihr keine Angst haben.«

»Warum?«

»Weil sie zur Mutter nicht zurückkehren kann, da jene zu viel Kinder zu ernähren hat und der Acker am Saalehang durch den Regen unbrauchbar wurde und sie die Familie nicht mehr ernähren kann.«

»Aha! So, so! Deswegen sucht Ihr für diese Magd eine Stellung?«

»Ja, Ihre Mutter hat fast den ganzen guten Acker am Saalehang verloren. Allein aus diesem Grund hat sie bereits vor Tagen die Einsamkeit des Weges von Rehehausen nach Eckartsberga auf sich genommen. Das Mädchen heulte an dem Tag, als es bei mir ankam, jämmerlich. Dies war allerdings nur der Ausdruck der Trennung von der Familie. Sie wanderte von Rehehausen nach

Eckartsberga und sehnte sich dabei ständig nach der Mutter und den Geschwistern zurück. Am liebsten wäre sie umgekehrt und zurückgelaufen. Aber Sie konnte es nicht, da sie die Entwicklung nimmer ändern konnte, weil sie der Mutter ihr Wort gegeben hatte, hier zu bleiben um dieser zu helfen. Trotz allem ging ihr die Trennung sehr zu Herzen. Sehr, sehr nahe, da die Not sie zu dem Schritt zwang, Eckartsberga aufzusuchen. Denn in jenen Tagen trafen die Familie viele Unfälle. Durch die Beschädigung des Ackers am Saalehang konnte die Mutter von Magdalena die Familie fast nicht mehr ernähren. Besonders schwer drückt die Bäuerin heute der Verlust des Mannes. Dies war ein weiteres Unglück, welches dazu kam. So jedenfalls sagte es mir die Magdalena, schon während der ersten Beichte. Allein aus diesem Grund, sage ich Euch, wird sie Eurer Frau keinerlei Sorgen bereiten oder je welche verursachen. Bauer, ich sage Euch außerdem: Die Bäuerin wird sie diesmal nicht verjagen! Vielleicht schlagen, was ich aber nicht glaube.«

»Woher wollt Ihr das wissen?«

»Es ist eine fleißige Magd. Ich habe in den Probetagen Ihre Tatkraft im eigenen Haushalt gespürt.«

»Ihr habt sie also auf die Probe gestellt?«

»Ja, und diese fiel zu meiner Zufriedenheit aus. Außerdem sage ich Euch, sie ist naiv. Als dumm möchte ich sie keineswegs bezeichnen. Sie ist neugierig und nimmt alles gelassen hin. Sie hat es von ihrer Mutter nicht anders erlernt. Bisher hat sie sich immer allen Veränderungen gefügt.

Werft ihr ein Stück Zucker zu und sie wird parieren. Ich weiß: Es sollte auch so sein, weil vor Wochen bei einem Unfall der Vater starb und der Mutter das Brot kaum ausreicht, um die vielen Kinder zu ernähren. Wäre es anders, dann hätte sie für die Kinder bestimmt keine Arbeit gesucht. Die arme Magdalena, aus Rehehausen, aus der kinderreichen Familie, konnte sich gegen diese Einstellung nicht wehren. Selbst Ihre Mutter sagte ihr beim Abschied, so teilte sie es mir in einer anderen Beichte mit: ›Magdalena besuche so oft du es kannst, den Herrn Pfarrer und bitte ihn ständig um Hilfe, wenn du die geringsten Sorgen verspürst. So erleichterst du dir die täglichen Sorgen. Sei immer glücklich und zufrieden, weil das allen Kummer vertreibt. Besuche ihn, so oft es dir möglich ist. Auch flehe ihn um Unterstützung an und er wird dir bestimmt seine Hilfe gewähren. Das tägliche Los wird dir dadurch um vieles leichter fallen.‹ Die Hilfe möchte ich ihr auch in Eurem Sinn gewähren. Damit wird für Euch alles zur besten Zufriedenheit geregelt sein.‹

Dessen ungeachtet kann ich Euch nur sagen: Die Tücken der Kinder kennt in Wirklichkeit keiner, da niemand das geheime Spiel der Kinder verhindern kann, weil sie sich oft unserer Obhut entziehen und Dinge tun, von denen wir nichts wissen.

Ihre Mutter will ihr außerdem aufgetragen haben: ›Sei zum Bauer stets ehrlich, damit er dir kein unnötig schweres Los beschert. Wenn er freilich einen Jungbauern hat, dann halte dich von diesem fern, denn er könnte dir sehr gefährlich werden. Außerdem rate ich dir: Falls dein neuer Herr wirklich einen hat, dann beachte diesen am liebsten überhaupt nicht! Lass ihn links liegen, denn dies macht dir das Leben leichter.‹

Sie will daraufhin die Mutter gefragt haben: ›Mutter, sag mir, warum soll dies so sein? Es kann doch nicht gefährlich sein, wenn ich ihm nichts tue.‹

›Tochter, du weißt doch, die Kinder bringt nicht der Klapperstorch. Du hast es bei mir erlebt. Ich sage dir: Nur durch die Liebe kommen sie! Sie ist es, die alles gefährlich macht und dich notfalls zur Mutter. Zuerst wird sie dich in der Lust schwelgen lassen, um dich mit den reizvollen Sachen zu führen, die dir dann Freude bereiten.‹

›Du meinst: Dies könnte eine Gefahr für mich werden?‹

›Sogar eine große Gefahr!‹

›Gut, ich werde deine Worte immer berücksichtigen.‹

›Tochter, außerdem, weißt du nicht, wie der Bauer und sein Sohn denkt? Für ihn bist und bleibst du eine Arme, selbst wenn du ein offenes, ehrliches Herz hast und sehr gepflegt daher schreiten kannst oder gut aussiehst. Merke dir immer gut: Als Arme hast du kein Recht, nur eine Pflicht. Selbst deine starken Arme können dir dann kaum aus der Gefahr helfen. Deswegen biete dich ihm nie verlangend dar und entzieh dich jeder Umarmung! Überlege dir darum von nun an immer gut, was du tust, denn ab jetzt musst du deinen Weg allein gehen. Alle Not und Gefahr eigenständig tragen, denn von nun an musst du jederzeit überlegen, wie du die Schwierigkeiten am besten meistern kannst. Ich sage dir außerdem: Überlege dir allezeit sehr gut, wie du eine herannahende Gefahr abwenden kannst, denn das Leben könnte kurz werden, wenn du den falschen Weg gehst. Vermeide jeden Streit und suche dir notfalls beim Pfarrer mit Hilfe der Beichte den Schutz, den du in der Fremde notwendig brauchst.‹ – Dies und noch vieles mehr beichtete sie mir.«

»Das ist ja sehr interessant!«

»Dies glaube ich auch. Es ist wirklich sehr interessant. Deswegen sage ich Euch: Ihr könnt Eure Bedenken vergessen.«

Auch die Bäuerin, nicht nur der Bauer, war mit dem Bericht des Pfarrers zufrieden und er sagte: »Wenn dem so ist, dann soll sie mir noch viel lieber willkommen sein.«

»Bevor sie freilich zu Euch kommt, wird sie vorher noch ein paar Tage, bei mir zur Probe arbeiten, damit wir keinen Fehler begehen. Damit Ihr alles wisst, sage ich Euch: Magdalena ist das älteste Kind, der jetzt verarmten Familie, welche in Rehehausen wohnt. Bei dieser Familie traf viel Schlimmes zusammen. Der Vater stürzte sich vor ein paar Wochen, bei heftigem Regenwetter zu Tode, als er am Hang ausrutschte und dabei mit dem Kopf auf das lockere Gestein aufschlug. Die Frau konnte ihn nicht mehr retten. Durch diesen Tod und die schwere Beschädigung des Ackers leidet die Familie gegenwärtig große Not, denn die Mutter hat nun vierzehn Kinder allein zu versorgen. Dies, obwohl sie einst viele gute Äcker besaß. Doch der größte Hangteil rutschte ab und ging durch die Schuttüberlagerung der Hangflächen verloren. Nun kann der Acker nicht einmal als Grasland benutzt werden. Die vielen Steine machten ihn untauglich. Dies waren die Gründe, die sie hierher trieben. Allein deswegen bat die Mutter den Pfarrer aus Rehehausen um Hilfe. Er sollte, wenn möglich, zumindest für die älteren Kinder eine Arbeit vermitteln, um die schwer getroffene Mutter zu entlasten. Doch er schaffte es nur für die sechs ältesten Kinder und vermittelte diese in die nähere oder weitere Umgebung. Am weitesten wurde Magdalena vermittelt. Das ist die Dienstmagd, die Ihr von mir erhalten sollt. In dem Fall dachte ich besonders an Euch, weil damit das Problem der Angst bei eurer Frau gelöst wäre und Ihr wieder eine gute, arbeitsame Magd erhalten würdet. Ich sage Euch: Magdalena ist, wie Ihre Mutter, ein rechtschaffendes, sehr gläubiges Weib. Aus dem Grund macht Ihr mit ihr bestimmt kein schlechtes Geschäft.«

Dem Pfarrer gelang es so, Magdalena nach der Probe in seinem eigenen Haushalt als Dienstmagd an Sebastian Nerrens vel Nierens zu vermitteln und dort sicher unterzubringen.

Der Vorsatz der Magdalena hieß in diesen Tagen: Ich muss mir von nun an den Lebensunterhalt selbst verdienen und sollte, wenn möglich, die Mutter unterstützen, damit sie nimmer so viel Not leiden braucht, denn jetzt ist sie eine arme, schwer geplagte Bäuerin.

Während der Wanderung war Magdalena beim Anblick des Ortes Eckartsberga von diesem begeistert. Sie konnte sich gar nicht satt sehen, denn der Ort lag in einem landschaftlich reizvollen Tal. Es war ein kleines, einladendes Städtchen und bot ein wunderschönes Bild. Die Augen konnten dort viel entdecken.

Auf den gegenüberliegenden Hang stand die Eckartsburg, von welcher der Pfarrer aus Rehehausen viel geschwärmt hatte und von der er fasziniert berichtet hatte. Er hatte gesagt: »Deine künftige Heimat ist eine besonders reiche Stadt, wo die Menschen in der Erde nach Gold und Silber graben und vieles andere aus der Erde holen.«

Magdalena staunte und war glücklich über die Veränderung gegenüber ihrem Heimatort, einem sehr kleinen Flecken unweit der Saale. Sie konnte, zu ihrer Freude, sofort sehen: Dieser Ort trägt sogar eine Kirche. Die es in Rehehausen in der Form nicht gab.

Der Pfarrer zeigte und erläuterte Magdalena bereits am zweiten Tag den Ort, damit sie sich schnell zurechtfinden sollte und erzählte viel über die Umgebung.

Er sagte:»Magdalena, in den Tagen, wo du bei mir wohnst, werde ich all deine Fragen zur Umgebung beantworten und dir vieles über Eckartsberga berichten.

Als du nach Eckartsberga gewandert bist, hast du gesehen, in unserer Heimat gibt es viele Burgen, Schlösser und Klöster. Beim Fortgang aus deiner Heimat konntest du jenseits der Saale die Burg Saaleck und Rudelsburg sehen. Bei uns in Eckartsberga erblicktest du die Eckartsburg. Dabei hast du bestimmt auch den Gefängnisturm gesehen, das leuchtende Signal des Ortes. Ich sage dir dies, weil es das Zeichen der Gerichtsbarkeit von Eckartsberga ist. Ich sage es dir, weil wir hier über eine eigene Gerichtsbarkeit sowie über eine Fronfeste verfügen und die Hauptstraße über drei große Güter. In der Nähe dieser Güter wohnt auch dein zukünftiger Brotherr. Außerdem besitzen wir ein Rathaus und Amtshaus, was es auch nicht überall gibt.«

»Die Lage ist wirklich reizvoll und landschaftlich schön anzusehen.«

»Du hast dir anscheinend alles sehr gut angesehen.«

»Ja ich habe alles liebevoll betrachtet.«

»Dies soll vorerst reichen. Am Abend, werde ich dir noch viel mehr erzählen, du sollst von nun an wissen wo du lebst. Auch bei uns ist die Reformation, wie bei dir in Rehehausen, abgeschlossen, aber noch nicht in allen Köpfen.

Der Pfarrer erzählt

Am Abend sagte der Pfarrer: »Magdalena, jetzt habe ich Zeit und werde dir alles von deiner neuen Heimat berichten.«

»Herr Pfarrer, Ihr solltet mir vor allem etwas über die Eckartsburg und Kirche erzählen. Ich werde Euch gern zuhören, denn ich kenne den Namen Eckart nur als Vornamen. Als Stadtname ist es mir kein Begriff. Unser Pfarrer sprach darüber nie. Er erzählte nur von der Burg und erzählte uns die Geschichte über den treuen Eckart.«

»Magdalena, das ist schon mehr, als die meisten wissen. Die Lehre aus dieser Erzählung sollte sein: Falsche Treue und falsche Hilfe bringen meist keine gute Lösung und niemanden voran! Nur wer ehrlichen Herzens Hilfe sucht, wird die Hilfe finden, die er sucht. Lass mich mit unserer Kirche beginnen: Sie wurde vor etwa einem halben Jahrhundert umgebaut und danach vom Erfurter Bischof geweiht. Es war 1503, als die Weihe vollzogen wurde. Unser Städtchen gehört zum Bereich der Finne, dies ist der Höhenzug, den dann die Saale begrenzt. Ich sage dies, weil du hier viele enge Täler findest. Am Ausgang der Stadt gibt es ein solches Tal. Schau es dir von den Vierlinden an. Dies ist ein schöner Aussichtspunkt. Da du über Gernstedt gewandert bist, als du zu mir kamst, konntest du auf der rechten Seite die Poppelsche Höhe sehen und die Vierlinden auf der linken. Von den Vierlinden hast du den schönsten Blick über die Umgebung von Eckartsberga. Das Wichtigste im Ort, neben der Burg, sind die Kirche, das Rathaus, das Amtshaus, die Fronfeste und das Scharfrichterhaus, denn uns gehört, neben dem Stadt- und dem Münzrecht, auch die Gerichtsbarkeit, welche dem Ort schon vor vielen Jahren verliehen wurde. Noch etwas Wichtiges gibt es: Das Brauhaus mit dem Brau- und Malzrecht.«

»Entschuldigt! Dann gehört neben dem Scharfrichter auch ein Henker zur Stadt?«, will Magdalena wissen.

»Ja, so ist es, Magdalena, ich sollte dir noch etwas zum Scharfrichterhaus sagen: Dieses Haus und alle Gassen um das Haus werden von den Menschen gemieden. Meide auch du die Umgebung dieses Hauses. Abseits dieser Wege werden die Menschen nicht nur gemieden. Sie werden dort auch nicht gern gesehen. Bedenke, so ist es geregelt und bereite mir deswegen keine Schande!«

Der Pfarrer merkte, Magdalena war sehr wissbegierig, was ihm außerordentlich gut gefiel. So musste er ständig über die Kirche und die Wallburgen in der Nähe erzählen oder wie die Glocken im Turm untergebracht wurden, welche die Glockengießerei Laucha lieferte.

Sie hörte auch: In manchen Häusern oder in den Befestigungssystemen gibt es sogar Waffen und Gerätschaften als Zeitzeugen der Besiedlung.

In den Klöstern und Burgen soll es außerdem Urkunden und Chroniken geben, die für die Nachwelt erhalten werden.

»Ich hoffe nur, du hast auf der rechten Seite die Alteburg gesehen. Du siehst sie beim Gang ins Tal besonders gut. In ihrer Blütezeit war es eine stolze Steinburg, die auf den Ausläufern des Höhenzuges lag. Es ist die Ruine einer Raubritterburg und als solche deutlich erkennbar. Sie wurde wegen der Handelsstraße geschleift, um den Verkehr auf der Straße sicherer zu machen. Aus den Trümmern der Burg wurde später eine Kapelle erbaut. Nach dem Schleifen der Burg erbaute der Landgraf eine neue Burg, die jetzige Eckartsburg. Der Grundstein geht auf das Jahr 998 zurück und wurde durch Ekkehard I. von Meißen erschaffen. Der Name wird vom Eckartsberg abgeleitet. Der Eckartsberg bestand freilich schon lange vor dem Burgbau. Ich würde sagen der Name wurde aus der Mythologie abgleitet und später übernommen.«

»Dies verstehe ich nicht!«

»Das ist nicht schlimm! Ich erzähle es dir morgen. Es wird, wie es in den Thüringer Landen üblich ist, diese und jene Burg durch die Mythologie hergeleitet. Keinesfalls durch den Namen des Grafen. In unserem Fall nicht durch Benno von Eckartberg. Es wird erzählt, von der altgermanischen Sagengestalt, dem ›Treuen Eckart‹ ,erfolgte die Ableitung.«

»Diese Geschichte kenne ich nicht.«

»Sie spielt auf die Begebenheiten an, die ich gestern erwähnte. Ehe ich dir aber davon erzähle, sollst du erfahren, wie mächtig unsere Stadt war, sie erhielt bereits im Jahre 1292 das Münzrecht.«

»Schon zu so früher Zeit?«

»Sie erhielt in jenen Jahren auch das Marktrecht

welches die eigene Gerichtsbarkeit einschloss. In diesen Jahren entstand auch eine Stadtmauer. Die Stadtmauer von Eckartsberga wurde durch das Untergut abgeschlossen. Daneben ist das Haus des Bauern Nerrens vel Nierens zu finden. Er wird dein zukünftiger Brotherr werden. In jenen Jahren waren die Einnahmen der Stadt durch den Zoll sehr hoch und machten deren Bewohner reich. Die Alteburg, die ich bereits einmal erwähnte, wurde in den Grafenkriegen endgültig zerstört. Seit Herzog Wilhelm von Sachsen regierte, gedieh die Stadt besonders gut. Im Jahre 1482 wurden der Stadt auch die Schürfrechte verliehen. Dies brachte der Stadt noch größeren Wohlstand. Die Förderung des edlen Erzes erfolgt seit dieser Zeit überirdisch und unterirdisch.«

»Was aber ist mit der Kirche?«

»Sie wird bereits im Jahre 1288 urkundlich erwähnt. Im Jahre 1488 wurde der Bau einer neuen Kirche beschlossen. Es ist die, die du gegenwärtig täglich besuchst und heute Mauritiuskirche genannt wird. Magdalena, morgen, am Abend, möchte ich dich nicht so lange vom Schlafen abhalten wie gestern und heute, aber dir etwas von Eckehart erzählen.«

Nach der Vorankündigung berichtete er am nächsten Abend: »Der Name Eckehart stammt aus dem Altdeutschen und bedeutet: Der mit dem harten Schwert oder der Schwertschneide. Dieser Name wurde durch den treuen Eckart bekannt. Der berühmteste Namensträger ist allerdings der Mystiker »Meister Eckhart«. Am heutigen Abend möchte ich dir aber von der deutschen Mythologie berichten. Da war Eckart der Beschirmer der göttlichen Harlungen, die er vergeblich vor Ermanarich zu schützen suchte. Die Harlungen waren zwei Brüder, die wegen eines Goldschatzes von ihrem Oheim Ermanarich ermordet wurden und deren Tod Dietrich von Bern rächte. Soviel zur Abfolge des mythologischen Geschehens. Dies sind die bekannten Überlieferungen, auf die sich die Erzählung stützt Dagegen wird der Meister Eckhart, ein Mönch, gesondert genannt, der in verschiedenen Klöstern als ein Oberer und Lehrer wirkte. Bei dem Wort Kloster fällt mir das Kloster Marienthal ein. Es wurde Mitte der 20ziger Jahre ausgeplündert und verfiel. Solches sollte nie geschehen, denn die Klöster waren für die Menschen einst sehr wertvoll. Nun will ich dir noch ganz kurz etwas über die Geschichte vom treuen Eckart erzählen. Ich muss dabei erwähnen, es gibt verschiedene Aussagen, die auch unterschiedlich weitergegeben werden. Eckhart war ein sehr treuer Knecht, der das ihm Anvertraute, trotz einer eventuellen Bestrafung beschützte und keine Falschaussage machte. Ein Mann der zu seinem Wort stand.«

»Jetzt verstehe ich den Zusammenhang. Ihr meint: Wenn jemand zu seinem Wort steht, davon keinen Deut abweicht, dann ist er ein Treuer und auf ihn ist stetig Verlass.«

»Das hast du sehr schön gesagt und diese Erkenntnis sogar bestens begriffen. Ich hoffe nur, auch in Zukunft solche Worte von dir zu hören, wenn du deinen Dienst beim neuen Bauern angetreten hast. Ich jedenfalls wünsche dir von Herzen alles Gute und viel Erfolg fürs spätere Leben bei uns im Ort.«

»Danke! Und ich will mich hin und wieder an die Erzählung vom treuen Eckart erinnern.«

»So höre: Nicht das Erzählen, nur das Schweigen, ist wichtig, weil der geheime Zauber dann nicht vergehen kann.«

»Dies werde ich mir gut merken.«

»Magdalena, Ihr habt bisher nicht den Geist der Knechtschaft und der Unfreiheit kennen gelernt, musstet Euch bisher niemals fürchten, denn Euer Vater war ein Freier.«

»Warum sagt Ihr mir solche Worte?«

»Weil ich Euch sagen möchte: Ihr seid frei in euren Entscheidungen und braucht nichts fürchten.«

»Danke für diese Hilfe! Ich werde Euch beim Bauern bestimmt nicht enttäuschen.«

Die neue Heimat

Die Frau des Bauern Sebastian Nerrens vel Nierens aus Eckartsberga war seit der Einstellung von Magdalena, dem jungen Mädchens aus Rehehausen, auf dieses eifersüchtig und nicht gut zu sprechen. Sie sah in ihr eine große Konkurrentin, die ihr anscheinend am liebsten den Sohn rauben wollte. Sie empfand, Magdalena habe ein zu offenes und zu großes Herz, denn bei ihr sollte immer alles friedlich und gut geregelt zugehen. Sie sah nie etwas Böses oder schimpfte gar. In keinem Fall kamen über ihre Lippen böse Worte. Sie tat ihre Arbeit getreu dem Versprechen und trat als hübsche Frau in der neuen Heimat stets sehr gesittet auf. Sie kam keinem jemals zu nahe und wollte in keinem irgendein Verlangen oder eine Begierde erwecken.

Die Mutter vom Jungbauer Bastian sagte unerwartet nach einer Woche zum Pfarrer: »Herr Pfarrer, ich glaube, die neue Magd besitzt den bösen Blick! Ich habe Angst um meinen Sohn.«

»Bäuerin, wie kommt Ihr auf solche Gedanken? Sagt mir: Warum solltet Ihr Angst haben?«

»Herr Pfarrer, es tat mir weh, wie der Sohn dieses Mädchen ansah, als sie unser Haus betrat. Ich habe das Gefühl, sie wird mit ihrem Blick meinen Sohn verzaubern. Glaubt mir, als sie auf den Jungbauern zuging, dachte ich, aus ihren Augen würden feurige Blitz schießen. Sie scheint gefährlich zu sein, auch, weil sie jeden Tag eine Katze füttert und mit dieser herumschmust oder das Tier streichelt.«

«Eure Beobachtung ist beachtenswert.«.

»Das ist der Hauptgrund, weswegen ich mir Sorgen mache, denn ich hörte, Katzen sollen teuflische Tiere sein und die Menschen verführen, weil sich hinter ihnen der Teufel verstecken kann, um die Menschen zu verzaubern!«

Der Pfarrer dachte nach und sagte sich: Magdalena, du wirst es nicht leicht haben. Ich hätte dir bestimmt einen besseren Start gewünscht.

Aus diesem Grund sagt der Pfarrer zur Bäuerin: »Liebe Bäuerin, sie ist für den Jungbauern noch viel zu jung. Glaubt mir, Ihr braucht keine Angst haben, wie bei der vor Wochen Entlassenen. Jene wollte den Jungbauern als Mann, aber diese will ihn keinesfalls haben, denn ihre Mutter hat ihr solches verboten. Ich sage Euch, diese ist naiv! Somit stellt sie keine Gefahr für Euch und Euren Sohn dar.«

»So, so? Gott gebe mir Eure Glaubenskraft! Sagt mir, warum muss sie aber täglich eine Katze versorgen?«

»Welche ist es?«

»Die Dreifarbige!«

Der Pfarrer wiegte den Kopf und sagte: »Liebe Bäuerin bedenkt:

Die Sonne, die nur lacht
ist mein Herr Jesus Christ.
Der über allem
mit aufmerksamen Augen wacht.

22

was mich singen macht,
weil der Himmel es sich für uns
zum Vorteil hat erdacht.

Bäuerin, ich will Euch nicht bedrängen. Nur zu bedenken geben: Die Magdalena, die Neue, ist eine Naive. Wenn Sie ihr sagen: Dies oder jenes darfst du nicht tun, sonst muss ich es deiner Mutter oder dem Herrn Pastor sagen, wird sie wie ein unschuldiges Gänschen folgen.«

Der Pfarrer hatte dennoch Bedenken und überlegte: Will die Bäuerin den Sohn gar für sich haben? Warum nur sagt sie solches über die Mägde?

Die Bäuerin hatte bemerkt: Ich ging bestimmt zu weit, weil der Jungbauer die Magd mit Blicken verschlang, nur sie sah und mit den Augen auszog.

Bei Magdalena war es wie beim Sohn: Liebe auf den ersten Blick. Die Mutter sah nur, wie sich die Augen der beiden jungen Menschen verfingen und hätte die neue Magd am liebsten schon in diesen Sekunden aus dem Haus gejagt. Selbst Magdalena liebte ihn vom ersten Moment.

Der Pfarrer überlegte nach diesem Gespräch: Will die Bäuerin das Mädchen aus Sicherheitsgründen schlecht machen? Aber warum? Was könnte der Grund sein? Ich weiß es nicht und muss die Sache an mich herankommen lassen, alles überprüfen.

»Bei mir hinterließ sie einen sehr soliden, ganz anständigen Eindruck. Ich hatte keinen Grund zur Klage. Sonst hätte ich diese Magd nie an Euch, Bäuerin, vermittelt.«

Am Sonntag beobachtete der Pfarrer, wie der Sohn des Bauern sie kaum beachtete, also nicht mit Blicken verschlang, und die Magd ordentlich, ganz gesittet, zur Kirche kam und der Jungbauer, der liebe Bastian, die Magd mit keinem Blick verfolgte.

Nach der Messe fragt der Pfarrer die Bäuerin neugierig: »Liebe Bäuerin, sagt mir: Wie kommt Ihr auf solche Gedanken? Ich meine, auf jene Worte in der letzten Woche? Ich sah heute, wie der Junior sie nicht einmal beachtete. Ich sage Euch: Es ist ein naives Mädchen. Ich vermute, die weiß nicht einmal, was wofür da ist. Ich sage Euch deswegen: Wenn Gefahr droht, dann sagt es mir. In der Beichte werde ich sie dann zur Ordnung rufen, denn bisher erzählte sie mir alles.«

»Herr Pfarrer, so können wir es machen, um schnell jede Gefahr abzuwenden.«

»Ich kann mir nicht vorstellen, dass eine Gefahr von ihr ausgeht, ich habe heute beide beobachtet und keinen Verdacht empfunden. Ich sage Euch: Als sie bei mir zur Probe arbeitete, prüfte ich sie auf Herz und Nieren, denn ich wollte Euch nichts Ungeprüftes übergeben. Dabei stellte ich aber keine Mängel fest. Deswegen kann ich Euch nur sagen: Ich kann bisher keine Klage führen. Wir sollten sie aber, zur Vorsicht und wegen Eurer Bedenken, dennoch im Auge behalten.«

»Hochwürden, ich sah auch diese Woche, wie sie öfter als gewöhnlich mit der Katze spielte.«

»Falls etwas passiert, dann sagt es mir umgehend.«

»Herr Pfarrer, ich bin mit Eurem Vorschlag einverstanden.«

Die Frau bemerkte noch rechtzeitig, sie war

wieder einmal mit ihren Worten, zu weit gegangen, wie schon oft, wenn eine neue Magd eingestellt worden war.

»Herr Pastor, zur Sicherheit sage ich Ihnen noch: Die Farbe ihrer Augen verändert sich, wenn ein Mann näher kommt. Sie kann beim Gespräch auch niemand frei und offen ansehen oder ins Gesicht blicken. Vielleicht täusche ich mich auch nur. Und es gibt noch etwas, was uns unbekannt ist. Vorige Woche, kaum betrat sie unseren Hof, weilte bei uns der Züngelvogel. Mein Sohn konnte das Züngeln jedoch rechtzeitig bekämpfen, weil er diesen Vogel sofort tötete. Dann verschwand mein schönster Ring. Ich bekam ihn einst vom Mann und vermisse ihn noch immer. Wir konnten bisher auch nicht ausmachen, wie er verschwinden konnte.«

»Das ist wirklich bedenklich!«

»Ihr sagt es: Dies ist wirklich sehr bedenklich!«

»Herr Pfarrer, da haben Sie Recht. Hoffentlich ist es kein böses Vorzeichen!«

»Ich kann nur sagen und möchte es hier auch Ihnen nochmals sagen: Die Familie, der sie entstammt, hat einen sehr guten Leumund. Wenn dem nicht so wäre, hätte ich Ihnen dieses Mädchen nie als Arbeitskraft empfohlen.«

»Dies glaube ich und es ist bestimmt wahr! Ja, ich glaube Ihnen. Wir sollten aber dennoch vorsichtig sein, weil ich vor Wochen hörte: Der Teufel wandelt seine Gestalt oft nach Belieben und schleicht vielfach als Katze herum. Dies soll eine Zeugin bei einem Hexenprozess ausgesagt haben, die der Teufel auch besitzen wollte. Außerdem: Den Teufel kann der Mensch ganz selten fassen, weil er in den verschiedensten Gestalten daher wandert, um den Menschen Böses anzutun, damit er sie schnell verleiten kann.«

»Bisher stellte ich fest: Sie ist willig, hilfsbereit und kein schlechtes Wort verlässt Ihre Lippen. Höchstens ein Lächeln. Sie wird es nicht fertig bringen, Euren Sohn zu verleiten.«

Die Mutter sagte: »Ja, sie ist stabil in der Seele. Ich wollte Sie auch nur aufmerksam machen, damit sie wissen, wenn einmal etwas passiert, wo wir dann suchen müssen, um diese Hexe notfalls sicher stellen zu können, denn eine solche könnte es nach meinen Beobachtungen sein.«

»Liebe Bäuerin: Hört darum mein Gebet und denkt stetig an diese Worte:

Zünde täglich ein Licht an,
für den,
der euch jeden Tag liebt!
und auch für den,
der dich oft nicht mag,
und für Menschen, die mit dir waren,
oder für andere, die in Gefahr,
für dich selbst und für die deinen.
aber besonders für die, die viel weinen,
zünde ein Licht an.
Damit alle erhellt werden.
Auf dass sie aufgerichtet weiter streben,
um das tägliche Leben gut zu überstehen,
und vergib ihnen ihre sünde und schuld,
damit sie geläutert werden
und alle Ungemach überwinden!«

»Danke, Herr Pfarrer! Ich werde versuchen diese Weisheit zu beherzigen und sie weitergeben. Vielleicht war es auch nur eine falsche Empfindung von mir.«

»Dies glaube ich bestimmt.«

Der Einstand, welcher das Mädchen begleitete, war keinesfalls der Beste. Wie aber kam dieser zustande?

Die Bauersfrau duldete in Ihrer Nähe kein fremdes Weib, welche über mehr Reize als sie selbst verfügte oder über ein bezauberndes, aufmunterndes Lächeln. Denn das nahm alle für die andere ein und könnte ohne weiteres den Sohn entführen.

Aus diesem Grund erfand die Bäuerin auch viel Arbeit für Magdalena und ständig eine neue Gelegenheit, ihr noch mehr Arbeit aufzubürden. Die Magd bekam keine Erholung, so dass sie des Abends immer erschöpft ins Bett sank.

Die Bäuerin meinte: »Sie soll nicht in Versuchung gebracht werden, da sich nur bei der Arbeit zeigt, ob sie einen geduldigen Charakter besitzt, wirklich offen und ehrlich ist.«

Allein deswegen dachte Magdalena in den ersten Tagen, als sie in Eckartsberga weilte, oft an die Mutter, welche in den vergangenen Tagen ihr wertvollstes Ackerland verloren hatte, weil der Berg abrutschte und deswegen jetzt ein armes, geschundenes Weib geworden war. Dort, wo die Eltern einst wertvolles Ackerland besaßen, herrschten nun die Steine.

Deshalb hatte die Mutter die Tochter voller Hunger auf die Strecke von Rehehausen nach

Eckartsberga geschickt. Die Mutter konnte ihr nicht einmal eine Schnitte für den langen Weg mitgeben. Der Hunger, das Schweigen und Nachdenken waren während der Wanderung ihre treuen Begleiter.

Die Mutter hatte ihr wiederholt gesagt: »Bedenke immer, einmal wird alles besser werden.«

Sie hoffte, dieser Wunsch würde irgendwann in Erfüllung gehen.

»Zeige dich, allein aus diesem Grund, ständig von deiner besten Seite. Sei anständig und komme allen hilfreich entgegen, dann wirst du bestimmt das große Glück finden.

Merke dir:

Was Gott jedem Menschen
in die Seele gelegt hat,
ist das Suchen nach Glück und Wahrheit.
damit die Lüge bei allen vergeht,
sich immer feststellen lässt,
denn die Menschen vertauschen oft
die Wahrheit Gottes mit der Lüge.
Sie beten lieber ein lügnerisches Geschöpf an
und verehren es anstelle des Schöpfers:
davon lass allezeit ab,
weil es dir die Wahrheit so
keinesfalls näher bringt.«

Über diese Worte dachte Magdalena während der Wanderung nach Eckartsberga ständig nach und hoffte, für die Familie möge sich alles zum Guten wenden. Sie hörte dabei wie die Mutter sagte: »Meine Tochter wer Anstand und Würde besitzt, wird oft verachtet. Sei dennoch immer ehrlich. Einem Schmeichler wird zu oft und zu schnell geglaubt.«

Der neue Dienstherr hieß Sebastian Nerrens vel Nierens. Es war ein alter, kranker, gebrochener Bauer, dessen Herrschaft sich dem Ende zuneigte, denn schon seit Monaten lenkte und leitete die Bäuerin das Gehöft allein. Sie dachte, dass der Jungbauer dazu noch nicht alt genug war.

Tage nach dem Eintreffen der neuen Magd unterhielten sich der Jungbauer und Altbauer über die neue Magd, denn beide waren von ihr begeistert.

Der Altbauer sagte: »Schau dir nur ihre Arme an. Die Kraft, die davon ausgeht und dennoch hat sie nur Rundungen. Kein Gramm Fett zu viel und das Hinterteil scheint eine köstlich Wippe zu sein. Ich sage nur: Selbst deren Milchfabrik ist von keinem zu übersehen. Schau sie dir genau an, denn das könnte eine gute Mutter werden! Ich sage dir außerdem: Das ist die Richtige für dich. Das sollte die zukünftige Bäuerin werden. Sie kann zufassen und scheut vor keiner Arbeit zurück. Bandelst du mit ihr an, dann lass es keinesfalls die Mutter merken! Sonst geht es ihr wie den anderen Mägden.«

Die Mutter trat hinzu. Das Gespräch unterbrechend warnte sie den Sohn eindringlich: «Bastian, ich warne dich! Vergreife dich nicht an diese Magd. Sie hat nichts und ist allein aus dem Grund keine taugliche Frau für dich!«

Nach diesen Worten warnt die Mutter den

Jungbauer nochmals: »Lass die Finger von dem Weib, sie ist keineswegs zum Heiraten gedacht nur tauglich zum Amüsieren. Zu mehr taugt sie nicht. Sie bringt doch nichts in die Ehe ein. Darum sage ich dir nochmals, sie ist zu nichts zu gebrauchen, außer zum Amüsieren. Von mir aus kannst du mit ihr deinen Spaß haben, aber nicht mehr, denn sie hat nicht einmal ein richtiges Hemd über dem Arsch.«

Die Mutter von Bastian versuchte die neue Magd, welche dem Sohn und Bauern sehr gut gefiel, stets schlecht zu machen. An allen Dingen fand sie etwa auszusetzen. Nichts war ihr gut genug, für ihren Bastian, den lieben Sohn ohne Fehler.

»Mein Sohn, bedenke jederzeit: Undankbarkeit bedeutet immer Verständnislosigkeit für die meisten Situationen im Leben. Nur als Einsichtiger wirst du immer aus Dankbarkeit handeln und entscheiden. Deswegen freue dich über die Erfolge der anderen, damit auch du Hilfe bekommst. Schau nur, sie kann dich, den Jungbauern, nicht einmal richtig ansehen, geschweige mit dir sprechen. Stottert und sieht ständig weg. Täglich ermüdete sie von der Arbeit. Ihre Ausdauer kann also nicht groß sein. Allein dies ist ein Grund, sie nur zum üben zu benutzen.«

Eines Abends wurde Magdalena vom Jungbauern angelächelt und er brachte dabei sein Gesicht in ihre Nähe. Doch sie sagte ihm in einem günstigen Augenblick: »Ich kann Euch nicht nähertreten, denn ich bin eine wahre Tochter, die gern ihr gegebenes Wort hält und sehr christlich erzogen. Also, ein sehr anständiges, wohlerzogenes Mädchen. Außerdem habe ich meiner Mutter versprochen, dem Jungbauern nie näher zu treten!« Und sie entwand sich der Annäherung. Ja sie ließ den Jungbauern stehen.

Der Jungbauer fand trotz allem Gefallen an der Magd und der Altbauer unterstützt ihn dabei, sie auszuwählen. Deswegen versprach er ihr heimlich seine Liebe, um sie zumindest einmal ins Heu zu bekommen. Er sagte ihr: »Wenn ich Bauer bin, dann kannst du meine Bäuerin werden.«

»Erst dann kann ich Euch öffentlich nähertreten.«

Als der Jungbauer der Magd immer öfter näher trat sagte sie: »Du, meine Mutter hat mir gesagt, lass dich nie mit einem Jungbauer ein. Das bringt nur Unglück. Deine Mutter möchte es auch nicht. Sie sagt mir immer wieder: ›Bleib du bei deinesgleichen, dem Knecht, denn du bist nur eine Magd! Und eine Magd hat kein Recht einen Bauer zu heiraten‹.«

»Was? Das soll dir meine Mutter gesagt haben?«

»Ja! Auch meine Mutter sprach so zu mir, ehe ich von daheim weg ging! Allein deswegen gibt mir die Bäuerin tagsüber auch so viel Arbeit auf, damit ich am Abend schlaff ins Bett sinke und nie in Versuchung kommen kann.«

So sträubte sich die Magd, engeren Kontakt zu dem Jungbauern aufzunehmen, was diesen gewaltig ärgerte. Sie sagte immer wieder: »Meine Mutter hat mir gesagt: Wenn Ihr mich berührt, dann geht es mir wie ihr. Vierzehn Kinder kamen dabei heraus. Willst du solches auch erleben?«

Sicherheitshalber fragt Magdalena den Pfarrer. Der antwortet: »Höre, die Liebe kann keiner verbieten. Wo sie hinfällt, dort wirst du sie finden. Dort wird sie wachsen und gedeihen. Biete dich ihr deswegen keinesfalls dar. Sie kommt von selbst und wenn sie kommt, dann kannst du ihr nicht mehr ausweichen. Dann musst du sie empfangen.«

In dieser oder ähnlicher Form vergingen die Tage bis zur Erntedankfeier. Die jungen Leute kamen sich dabei aber nicht näher. Der Jungbauer konnte anstellen, was er wollte. Deswegen wurde er von den Junggesellen des Städtchens sehr oft gefrotzelt.

Beim Tanzvergnügen zum Erntedankfest nutzte er die Situation, da die Bäuerin und der Altbauer nicht dabei waren und lud die Magd zum Trinken ein. Er trank mit ihr, bis sie nicht mehr richtig auf den Beinen stehen konnte und er sie zwangsläufig nach Hause begleiten musste.

So kam es, dass sie sich des Morgens im Bett des Jungbauern wiederfand.

Sie wusste nicht einmal mehr, wie sie dort hinein gekommen war und wollte anfangs auch sofort dem Bett entfliehen, doch der Jungbauer ließ es nicht zu. Er wandte sich ihr zu und sie konnte nach Minuten in dieser Situation, nicht mehr an sich halten, da das Fleisch des Mannes sich seinen Weg suchte. Erregt bot sie sich dar. Es bereitete ihr Freude und sie konnte nicht mehr davon ablassen, denn das neue Gefühl macht sie glücklich und zufrieden.

Der Jungbauer versprach ihr dabei die Heirat und sagte: »Wenn ich Bauer bin, dann werde ich dich ehelichen. Du bist derart schön, dass dich niemand übersehen kann. Die Schönste im Ort. Irgendwann wird auch die Mutter dazu ja sagen. Später werde ich dich bestimmt nicht vergessen, weil wir eine so schöne Nacht erlebten. Mach dir keine Sorgen. Vater mag dich ebenfalls. Und im Stall können wir uns täglich begegnen.«

Magdalena war darüber sehr glücklich und die Liebe konnte ihr seitdem jeder ansehen, denn sie wartete täglich sehnsüchtig darauf.

Aus diesen Überlegungen heraus legte Sie beim Pfarrer eine Beichte ab und fragt diesen erregt nochmals nach der Liebe.

Er gab ihr den Rat: »Genieße sie, wenn du sie genießen kannst, solange es geht! Denn die Liebe ist ein göttliches Geschenk.«

Der Pfarrer sagt ihr außerdem: »Wenn du gefragt wirst, was du im Leben besonders gern magst, dann antworte immer: In Liebe leben.«

»Dies werde ich gern sagen.«

Nach Tagen sagt sie deswegen: »Herr Pfarrer, ich danke Euch für den Rat und möchte die Liebe so annehmen, wie sie mir begegnete, denn sie fiel mir beim Aufstehen direkt in den Schoß. Herr Pfarrer für Euren Rat, habt herzlichen Dank. Durch Eure Vermittlung bin ich jetzt eine Glückliche und dafür kann ich Euch nicht genug danken.«

Nur eines wusste der Pfarrer nicht, dass es sich bei ihrer Liebe um die des Jungbauern handelte.

»Es freut mich für Euch!«

»Danke!«

Eines Morgens sagte ihr der Jungbauer im Stall: »Du, ich bitte dich: Sag der Mutter noch nichts von unserer Liebe. Sie könnte uns sonst entzweien. Sie ist auf dich eifersüchtig, denn sie hat Angst, du könntest Ihr den Sohn wegnehmen. Sie hat auch eine andere für mich vorgesehen. Lass die Sache reifen. Vater wird uns bestimmt helfend beistehen.«

»Einverstanden! Und wenn sie dir Ähnliches sagt, dann antworte ihr: Heiratet sie mich, dann bekommst du, liebe Bäuerin, dafür ein schönes Töchterchen, auf das du stolz sein könntest.«

»Dies sollte ich lieber nicht tun! Lass die Zeit reifen, denn sie schaut nur auf deine Arbeit. Mein Vater wird uns helfen, uns beistehen und den Weg ebnen.«

»Ich weiß.«

Er achtet dich und deine Arbeit, da du die Fleißigste und schönste Magd bist, die wir bisher hatten. Aber vor allem, weil du nie etwas hinter dem Berg versteckst.«

Eines Tages, Monate nach dem Erntedankfest, hatte die Mutter das Gefühl, sie müsse wegen der Magd mit dem Sohn sprechen.

»Bastian, ich sage dir: Die Magd ist höchstens zum üben da. Deinen Spaß kannst du von mir aus mit ihr haben. Für dich ist sie aber keineswegs gut genug. Bedenke immer: Zu mehr sollte es mit ihr nicht kommen, denn du bist ein reicher, angesehener Bauer und könntest an jedem Finger mindestens eine haben!«

Doch die Liebe der beiden nahm immer intensivere Formen an, denn die Magd war der lachende

34

Weibsteufel, der in der ersten Reihe spielte. Sie war für diesen Mann wie geschaffen und befriedigte all seine Wünsche, weil auch sie ihn haben wollte. Darum gab es kein Zurückweisen von ihrer Seite und Magdalena nahm immer mehr Besitz von Bastian.

Der junge Kater lief der Katze ständig nach und nutzte jede Gelegenheit, um die Katze zu besteigen. Er sagte: »Einmal probiert, heißt, es überall tun.«

Ob im Heu, beim Füttern der Tiere oder im Keller, er nutzte jede Möglichkeit, denn dies schien ihm der beste Weg zu sein, seiner Liebe stets neuen Schwung zu verleihen.

Er merkte bald, auch der Magdalena bereitete es viel Lust und Spaß, die Liebe in jeder Form auszukosten, um die Bäuerin so zu hintergehen.

Eines Tages, zum Weihnachtsfest, sagte das Lenchen, wie er Magdalena nannte: »Bastian, unsere Affäre kann uns zum Verhängnis werden. Du bist noch nicht der Bauer und der Neid deiner Mutter zerfrisst am Ende unsere wunderbare Liebe.«

Magdalena war in großer Not! Keiner merkte es, obwohl sie täglich größer wurde.

Eines Tages sagte Magdalena: »Bastian, deine Mutter hat mir am Morgen gesagt: ›Ob ich dir je meinen Sohn geben kann, das weiß ich heute noch immer nicht, denn der Altbauer ist schwach und krank. Du musst demzufolge auf meine Entscheidung noch warten.‹ Ich habe nicht geantwortet. Wollte es dir nur sagen. Glaube mir, in deiner Mutter frisst eine tödliche Liebeskrankheit. Ich habe das Gefühl, sie kann und will dich nicht verlieren, sie möchte dich am liebsten behalten, für sich selbst haben. Versetze dich einmal in ihre Lage. Auf der einen Seite ist sie stolz auf mich, weil ich überall beliebt bin und so gut anpacken kann, etwas vom Handwerk des Bauern verstehe. Du weißt, ich hatte einen guten Lehrmeister, meinen Vater. Doch wenn sie erzählt, dann solltest du nur einmal ihr Gesicht beobachten. Es sagt nicht viel Gutes aus. Sie verleugnet deine Liebe zu mir überall, obwohl sie davon bereits wissen müsste. Ich sage dir: Wenn deine Mutter noch einen Funken Anstand in sich besitzt, dann klärt sie dich auf, wenn du fragst: Darf ich Magdalena heiraten? Warum fragst du sie eigentlich nicht?«

Bastian sah Magdalenas Leiden nicht, obwohl sie es mit solchen Worten oft zum Ausdruck brachte. Er sah nur sein Vergnügen. Niemand sah ihre Leiden und ihre Sorgen. Die Sorgen saßen tief in ihr und fraßen nagend an ihrer Seele, obwohl sie verliebt war und glücklich sein wollte.

Doch die Sorge schwanger zu werden, ohne das Ja von dem liebenden Mann, brachte derartige Gefühle in ihr hervor. Sie wollte weder die Mutter, noch die Bäuerin unnötig belasten. Doch mit wem konnte sie über ihre Not sprechen? Wer würde ihr notfalls beistehen, sollte etwas schief gehen? Nicht einmal der Pfarrer würde dafür ein offenes Ohr haben. Er sagte: »Magdalena, wenn die Energie des Glücks nichts nützt, dann wirst du immer vor einen Haufen Trümmer stehen, die welche du dir selbst als Hindernis errichtet hast. Ich sage dir darum nur: Führe zuerst immer die Entscheidung des Ja oder Nein herbei. Nur nach dieser Zusage solltest du dich der Liebe hingeben.«

Nun dachte sie: »Was aber tat ich?«

»Bedenke, Wohlergehen will verdient sein. Deswegen musst du das Licht suchen, finden und erkennen. Die schöpferische Kraft und Freude, die du jetzt im täglichen Leben suchst und angeblich nicht finden kannst. Ich sage dir: Jede Veränderung will eigentlich endgültig sein. Ob von einem Außenstehenden oder dir selbst erzeugt. Vergiss nie: Es bedarf immer der Einleitung, wenn du etwas verändern willst. Darum glaube an dich und das Gute in dir, was dich bisher begleitete! Magdalena, was soll ich dir noch sagen: Merke dir gut! Das Glück und die Freude am Leben, wird nur durch die Liebe vollendet. Irgendwann wird sie dich heimsuchen. Darum werde nie unglücklich und lass dich nicht verwirren, die Gefühle, Triebe, den Geist und Körper. Werde auch keinesfalls kopflos! Ich sage dir ergänzend: Bete inständig, damit die Größe und Schönheit deines Geistes sichtbare Werte schafft und lass dich nicht in Versuchung führen.«

Wochen nach dem Erntedankfest sagte der Pfarrer zur Bäuerin: »Liebe Bäuerin, Eurem Mann geht es gar nicht gut, wollt Ihr ihm nicht doch seine größte Freude bereiten? Er siecht immer mehr dahin. Wollt Ihr ihm nicht doch noch eine Schwiegertochter schenken, damit er weiß, die Zukunft ist gesichert?«

»Herr Pfarrer, ich würde es gern tun, aber es ist

keine Jungbäuerin in Sicht. Bastian will meine Vorschläge nicht akzeptieren.«

»Euer Mann hat gesagt: ›Ich wünschte, der Bastian würde die Magd Magdalena heiraten, weil sie rechtschaffen ist und eine sehr gute Bäuerin werden kann‹.«

»Dem kann ich aber keinesfalls zustimmen. Dies müsst auch Ihr erkennen.«

»Warum?«

»Ich habe das Empfinden, sie ist gefährlich, weil sie Bäuerin werden will und dem Sohn nichts einbringt.«

»Damit mögt Ihr Recht haben. Ich sage Euch nur: Trefft Eure Entscheidung bald, damit Euer Mann einen glücklichen Tod, beim Dahinscheiden hat, sorglos in die Zukunft schauen kann und seine Tage im Jenseits voller Freude verbringt.«

»Ich werde nach Eurem Wunsch handeln und die Angelegenheit beschleunigen.«

»Es wäre eine sehr gute Entscheidung! Euer Mann würde dann zumindest glücklicher und zufriedener sterben.«

Der Liebeswahn

Nach dem Weihnachtsfest wurden die beiden Frauen, die Magd und Bäuerin vom Wahn der Liebe befallen. Die eine war auf die andere eifersüchtig, weil scheinbar jede den Jungbauer besitzen wollte. Aber jede auf Ihre Art. Niemand sah die Leiden, welche die arme Magdalena dadurch auszuhalten hatte, da die Eifersucht unsichtbar wirkte.

Während einer Beichte, vor dem Weihnachtsfest sagte der Pfarrer zu Magdalena: »Wenn du die Kraft des Glücks nicht nutzen kannst, dann wirst du immer wieder vor Trümmern stehen, deswegen räume zuerst die alten Trümmer weg, damit es keine Stolpersteine werden. Ich sagte es dir bereits einmal. Ich möchte dir noch etwas ganz wichtiges sagen: Glück und Freude kannst du richtig nur durch die Liebe empfangen. Ich sage dir dazu: Wohlergehen will verdient sein, denn es ist etwas, was du suchen musst, damit es dir erhalten bleibt. Suchst du das Wohlergehen, machst du den Weg frei, damit das Glück dich aufsuchen kann. Liebe Magdalena, ich möchte Euch in diesem Zusammenhang auch sagen, was das Jahr bedeutet: 365 Tage die vom Leben erfüllt sein sollten, damit du das Leben täglich voller Freude begrüßen kannst: Es mit einem ›Guten Morgen‹ begrüßt und einer ›Guten Nacht und danke für den Tag‹, verlassen könnt. Vergiss bitte nie: Alle

Sinne des Lebens werden nur durch die Liebe erfüllt. Bedenke dabei immer: Gegen wahre Liebe ist kein Kraut gewachsen.«

Sie antwortete dem Pfarrer: »Meine Mutter sagte mir: ›Beim Schweigen liebst du am glühendsten, weil es verborgene Gedanken sind, die dich dabei begleiten, und der Kuss bleibt nur für die Besiegelung der Liebe.‹ Ihr sagtet mir: ›Die Gegenwart kann nur durch die Erkenntnis der Vergangenheit betrachtet werden, damit die Zukunft gestaltet werden kann.‹ Dies ist ein wahres Wort, welches ich nicht vergessen möchte.«

Der Pfarrer ergänzte: »Deswegen merke dir gut: Das Feuer der Leidenschaft ist immer heiß und gefährlich. Es kann den Menschen niederreißen und er kann sich von der Leidenschaft nach Liebe nicht befreien, aber dabei verglühen. Dies solltest du sehen, um den Blick auf das Leben auszurichten, damit das Unglück verjagt werden kann und die Harmonie nicht zerstört wird. Bedanke dich für jeden Tag der Erkenntnis. Ich sage dir: Allein deshalb muss die Zerstücklung des Geistes und die Sünde dem Körper fernbleiben, um den Tod abzuwenden.«

»Herr Pfarrer, wo bleiben dann aber die Gefühle?«

»Die findest du erst beim Vergehen der Zeit. Sie vergehen täglich, wie der Flug der Schwalben und suchen dich notfalls im Geheimen auf. Doch kannst du alles erschauen und festhalten, kannst du alle Gefühle erspüren. Dann wirst du die Gefühle, die du suchst, durch die Hoffung nie vergessen und sie bleiben unsterblich. Darum höre: Alles, was jemand liebt, ist nicht immer zu haben, denn Liebe heißt auch Verzicht üben. Da du nicht alles haben kannst, was dir angeboten wird. Ich verrate dir, höre es dir gut an: Auf der Straße der Büßer finden sich ein paar junge Menschen ein. Weil sie der Zufall zusammen führte. Bedenke stets, der Zufall ist viel öfter der Führer, der dich durchs Leben führt oder begleitet, als du denkst. Um den Blick auf das Leben auszurichten, damit das Unglück verjagt werden kann, suche ständig die Hoffnung und lass das Glück erstrahlen. Dann wirst du letztlich bestimmt das Gesuchte finden«.

»Herr Pfarrer, ich habe aber das bange Gefühl, die Bäuerin meint, ich hätte Ihre Freundschaft noch immer nicht verdient.«

»Allein deswegen musst du das Licht der Erkenntnis suchen, um dessen schöpferische Kraft zu verspüren, die uns die Freude am Leben finden lässt. Ich weiß: Jede Veränderung will eingeläutet werden. Ob von einen Außenstehenden oder dir selbst. Vergiss nie, es bedarf immer der Einleitung, um etwas Neues beginnen zu können. Vor allem deiner eigenen guten Gedanken. Nicht der verdüsterten. An deinen Worten merke ich: Du hast das Neue noch immer nicht gefunden, weil du nicht ehrlich danach suchst. Darum glaube an dich und das Gute in dir, damit die Kraft des Lichtes, der Strahl der Erkenntnis wirken kann!«

Wie eine Süchtige fieberte Magdalena nach Fluchtwegen. Immer neue Tricks fielen ihr dabei ein, die Bäuerin mit dem Sohn zu hintergehen.

Am Beginn des neuen Jahres sagte Magdalena zu Bastian voller Liebe: »Du, eine so schöne Weihnacht wie in diesem Jahr habe ich noch nie erlebt. Das Schönste warst aber du.« Denn die Liebe begeisterte in diesen Tagen uns beide besonders heftig und beide dachten: wir können nur hoffen sie verlässt uns nicht.

Oft fragte Magdalena Bastian in den Tagen nach Weihnachten: »Du, was nur ist mit mir los? Ich kann kaum essen und alles zieht sich frohlockend in mir zusammen. Ich kann diese Gefühle allerdings nicht festhalten.«

Sie kam nicht darauf, es könnte eventuell die Wirkung der Liebe sein. Dennoch war ihre Hoffnung groß, der Bastian würde ihr treu bleiben.

Als das Frühjahr begann, kam Magdalena auf den Gedanken, sie könnte schwanger sein, da sie mit aller Kraft immer wieder die Erfolge in der Liebe suchte.

Die Gefühle wurden verstärkt, weil die Mutter von Bastian ein Zusammenkommen kaum noch zu ließ. Keiner stand ihr in diesen Tagen helfend zur Seite. Sie musste mit Ihren Problemen allein fertig werden. Mit niemandem darüber reden.

Dabei nahm auch der Liebeswahn der Mutter immer schlimmere Formen an, so dass Magdalena noch größere Angst bekam. Wenn sie nur mit Bastian sprach und ihn von ihren Empfindungen erzählte, dann lachte dieser sie aus. Dennoch sagte sie wiederholt: »Du, deine Mutter gönnt dich scheinbar keinem anderen Weib. So wirst du nie eine Frau bekommen.«

Eigenartigerweise traute sie der Mutter von Bastian jede Schandtat zu, da sie in deren Augen ein Dorn war, der entfernt werden musste. Anscheinend wusste sie aber nicht, wie sie es beginnen sollte, diese Magd los zu werden, von welcher der Sohn immer wieder sprach.

Anfangs war es nicht schlimm, weil der Bauer, als er noch lebte, sich stets schützend vor die Magd stellte und sie verteidigte. Er sagte jedes Mal: »Weib, eine so gute Magd hatten wir noch nie! Gib Ruhe, denn eine bessere bekommst du nimmer mehr. Der Bastian könnte auch kein besseres Weib bekommen. Sie sollte die spätere Bäuerin werden.« Diese Worte hört Magdalena und war darüber sehr glücklich. Endlich hatte sie das Gefühl, doch noch Bäuerin werden zu können.

Bei einer Beichte sagte die Bäuerin zum Pfarrer: »Hochwürden, hören Sie sich bitte folgendes Ereignis an. Sie sollten es keinesfalls versäumen und mir einen guten Rat geben!« Daraufhin klagte die Frau Ihren Mann an.

Der Pfarrer antwortete: »Liebe Bäuerin, das Weib sei dem Manne untertan! Allein deswegen sollten Sie sich gut überlegen, was sie sagen. Jede gute Gabe und jedes vollkommene Geschenk kommt nur von Gott, unserem himmlischen Vater! Wissen Sie, ob er Ihrem Mann damit nicht noch mehr Weisheit vermitteln möchte? Damit er die neue Weisheit dem Sohn fürs Leben übermitteln kann, welche Entscheidung für ihn die Richtige ist?«

»Ja, so könnte es sein!«, sagte die Frau, obwohl sie mit des Pfarrers Gedanken nicht einverstanden war.

»Und noch etwas: Sie wissen doch, den Kindern

Gehorsam beizubringen ist unsere wichtigste Aufgabe! Dies ist bestimmt der tiefere Sinn. Damit es uns in Zukunft besser geht. Zeigen Sie darum dem Sohn, wer die richtige Frau für ihn ist. Wo seine wahre Zukunft liegt. Wissen Sie, welch gute Botschaften so vermittelt werden? Segnungen und Liebkosungen stehen doch jedem offen. Nur die Verschiedenheit der Wortbedeutungen sind oft für uns nicht erkennbar, weil sie vielfach nur im Verborgenen wirken. Dies bedenken Sie stets! Geben Sie darum ein Beispiel, wie das Glück des Sohnes aussehen könnte!«

»Herr Pfarrer, ich möchte keinesfalls missverstanden werden. Die Magd darf aber niemals mehr den Herrn anfassen, weil er jedes Mal, wenn sie weggeht, ein starkes Fieber bekommt und heftig davon geschüttelt wird.«

»Bäuerin, auch dies könnte zu Missverständnissen führen.«

»Nein, nein! Wenn sein Gesicht danach glüht, dann muss es eine Gefahr sein. Er ist danach wie von einem Zauber befallen.«

»Bäuerin, Missverständnisse sind im Leben nichts Ungewöhnliches, wo der Satan doch dauernd die Menschen der Erde bedrängt, also Dinge tut, die nicht gottgefällig sind.«

»Darin muss ich Euch recht geben. Das Machtwort der Eltern sollte darum immer schwerer wiegen als alles andere. Außerdem ...«

»Bäuerin, ich weiß: Ein falscher Eindruck darf sich nicht hartnäckig halten, wie die Gefahr, die ich kommen sehe.«

»Da haben Sie Recht! Notfalls werden wir die

44

Not gemeinsam bekämpfen, damit der Sohn die rechte Braut erhält und heimführt. Doch der Mann sollte es noch erleben.«

Nachdem sich der Altbauer sehr gut erholt hatte, starb er überraschend. Keiner wusste wie es dazu kam.

Die Bäuerin erwog nun, die Magd zu entlassen, weil der Jungbauer nach dem Tod des Vaters ins Haupthaus einzog.

Um dafür ein gutes Argument zu finden, kontrollierte die Mutter noch strenger als bisher die Arbeit der Magd. Immer öfter, des Morgens und des Abends, ohne gesehen zu werden. Sie versteckte sich dabei geschickt, um alles zu überprüfen, im Stroh oder Heu und stellte fest, der Jungbauer bestieg die Magd an jeden möglichen Ort des Hauses, der dazu Gelegenheit bot.

Um den Jungbauern davon abzubringen, bot die Mutter sich ihm selbst dar. Durch die Verwechslung bestieg er zwangsläufig die Mutter, weil diese den Körper im Heu versteckt hielt und dort nur das Hinterteil herausschaute, so dass er den Körper für den von Magdalena hielt.

Die Mutter hatte dies raffiniert eingefädelt, indem die Magd während dieser Zeit von der Arbeit im Stall fern gehalten wurde, damit der Jungbauer anfangs den Betrug nicht bemerken konnte. Außerdem trug sie die gleiche Kleidung wie die Magdalena.

In der Folge dieses Vorkommnisses kam es zum Eklat zwischen Mutter und Sohn und sie stellt ihn vor die Alternative: »Entweder ich oder die

Magd! Entscheidest du dich für die Magd, dann konntest du einmal Jungbauer werden. Auch ich kann nochmals heiraten, du hast gemerkt, ich bin nicht schlechter als deine Magd.«

Dadurch wurde der Streit zwischen Mutter und Sohn heftiger, denn der Sohn wollte kein Knecht werden.

In diesen Tagen merkte die Magd zufällig: Ich bin schwanger und wusste nicht, was sie tun sollte, da in jenen Tagen der Altbauer starb. Und sie von diesem keine Hilfe erhalten konnte.

Sie kam sich in diesen Tagen nur sehr einsam und verlassen vor und führte wiederholt Gespräche mit sich selbst: »Nach Hause kann ich nicht. Ich sollte allen Mut zusammen nehmen und zuerst mit Bastian sprechen, ihn fragen: Du, wollen wir nicht doch heiraten? Dies wäre die Lösung, für mich! Denn ich bin im zweiten Mond schwanger!

Sie brachte es in den kommenden Tagen auch fertig und sprach mit dem Jungbauer über die Schwangerschaft.

Der Sohn hatte wegen der Mutter Angst und sagte: »Du, ehe wir davon meiner Mutter etwas sagen, geh zuerst lieber zum Kräuterweib ins Klosterholz. Die hilft bestimmt.«

»Gut, weil ich dich liebe und in keine gefährliche Situation bringen möchte, dich auch keinesfalls verlieren will, werde ich sie aufsuchen. Such eine Ausrede, damit mein Besuch dort nicht auffällt.«

»Ja, ich werde sagen, du musst deine Mutter besuchen!«

Der Besuch brachte allerdings nichts ein, obwohl Magdalena die Alte vom Klosterholz wiederholt aufsuchte. In diesen Tagen fragte sie sich: »Darf die Ablehnung von Eltern so weit gehen? Warum nur verurteilt mich seine Mutter derart bitter? Arbeite ich nicht mehr als alle anderen? Hatte Ihr Sohn keinen Spaß mit mir?«

Immer wieder überlegte sie: »Wie sagte die Alte vom Klosterholz? Sei fröhlich, auch diese Tage werden vorbeigehen.« Sie wusste nicht, was das Kräuterweib damit meinte. In diesen Stunden dachte sie oft: »Warum soll ich nicht über das Leben nachdenken? Viele erfreuen sich des Lebens, warum darf ich es nicht?«

Seit den Tagen der eigenwilligen Kontrolle wachte die Mutter mit Argusaugen über den Sohn und wollte ihn nicht für die Magd freigeben. Sie konnte den Sohn auch nicht oft genug küssen und jetzt, nachdem der Mann gestorben war, musste er immer wieder für ihre Liebelei herhalten, ob ihm das Verhalten der Mutter gefiel oder nicht. Aus Angst Knecht zu werden, stand er nun immer wieder der Mutter bei und verleugnete, wo er konnte die Magdalena.

Sie glaubte jedoch noch immer an seine Liebe, dass der Jungbauer nach wie vor zu Ihr stand, vor allem weil sie von ihm ein Kind erwartete. Doch schon bald spürte sie die Gefahr. Deswegen sagte sie zum Jungbauern nochmals: »Du, ich bekomme von dir ein Kind und die Alte vom Klosterholz kann mir nicht helfen, obwohl sie es versucht hat.«

Der Jungbauer lachte sie nur wiederholt aus und rief eines Tages seine Mutter dazu, als Magdalena das Gespräch im Stall erzwang. Kaum hatte die Mutter den Stall betreten, sagte er: »Mutter, weißt du was Magdalena mir eben sagte? Sie bekomme von mir ein Kind und sei deswegen schon bei der Alten vom Klosterholz gewesen. Die aber könne nicht helfen.«

Die Mutter schnappte zuerst nach Luft und fragte: »Was? Was? Was bekommt diese dreckige Hure von dir? Ein Kind? Wie soll das passiert sein?

Ich sah auch etwas besonders Seltsames, wenn sie dem Bauern, als der noch lebte, seine Medizin gab. Trat sie zum Bett, dann bekam er ständig rote Wangen und glühte nach ihrem Fortgang fiebrig. Jedes Mal sah es wie Hexerei aus. So könnte es auch bei dir gewesen sein.«

»Nein! Nie!«

Die Mutter fuchtelte mit den Armen und schrie: »Das kommt vom bösen Blick! So will sie Bäuerin werden! Sich die Stelle erschleichen. Nein, nie!

Magdalena, was für ein schlechter Mensch bist du nur? Wir hatten dich so liebevoll aufgenommen und jetzt sagst du solche Worte. Wer gibt dir dazu das Recht? Ich sage dir: Du bist eine Teufelin!

»Mutter, Ihr wisst, nie trat ich Magdalena zu nahe. Ich hielt mich immer fern von ihr. Mutter, notfalls schickt diese Dirne aus dem Haus. Jagt sie davon!«

Mit einer solchen Entwicklung hatte Magdalena nicht gerechnet. Sie glühte vor Zorn. Es fehlten Ihr die Worte, sie war am Boden zerstört und konnte es nicht fassen, so verlassen zu werden.

»Magdalena, von mir aus kannst du bei den Schweinen wohnen und in Zukunft dort schlafen.

Wütend rannte sie von der Scheune in den Stall. Dort versteckte sie sich und versuchte ihre Gedanken zu ordnen, denn ihre Not war groß. Sie dachte an die Tiere, mit denen sie über alles sprechen konnte, und sagte zu diesen: «Ich werde am Nachmittag die Hanne besuchen und mit ihr sprechen. Vielleicht kann sie mir helfen.«

Die Hanne, das war die Kuh, die kurz vor dem Kalben stand. Bei Ihr weinte sie sich in letzter Zeit immer aus. Die Tränen flossen oft wie ein Quell, denn sie verlor erstmals die Lust am Leben, sah nur Not und Gefahr. Dabei wurde sie sich immer wieder bewusst: Die Bäuerin ist an allem Schuld!

Die Mutter und der Jungbauer hatten sie am späten Nachmittag sogar gemeinschaftlich aus der Scheune gejagt. Die Mutter schrie dabei hasserfüllt: »Das hast du nur erfunden, um ihn für dich zu behalten, weil du ehrlich nicht Bäuerin werden kannst, wie es dir deine Träume vorgaukelten. Doch von mir bekommst du ihn nicht. Sein Vater hatte mit ihm andere Pläne. Diese will ich nun umsetzen, um den Wunsch des Toten zu erfüllen. Schlaf von mir aus im Schweinestall! Wir selbst haben genügend Sorgen und können uns deine nicht noch aufladen.«

Magdalena begann immer wieder zu weinen. Die Mutter aber sagt barsch: »Du Hure geh zu dem, der dir den Balg machte oder zu den Schweinen, wo du hingehörst.«

Die Bäuerin machte Ihr ständig weitere Vorhaltungen und schrie Ihr hinterher: »Außerdem habe ich dir gesagt, der Umgang mit dem Jungbauer sei dir nicht gestattet. Von mir bekommst du keine Gnade, denn ich sage dir: Deine Zeit in diesem Haus ist abgelaufen.«

Das war der Moment, in dem Magdalena aus dem Haus eilte. Sie war wegen der Schelte fix und fertig.

Als sie die Hoftür öffnete, meinte sie das Wetterhorn zu hören, denn es blies ein heftiger Wind. Es war ihr fürwahr als blase der Wind das Wetterhorn, denn der Wind heulte laut und trieb die Schindeln wütend vor sich her. Dann begannen sich die Glocken durch den Wind zu bewegen und gaben viele eigenartige Töne von sich. Im Stall hörte sie, wie der Wind um die Ecke pfiff, und sie meinte, er sagte: »Wir brauchen in der Stadt nur einen Hexenkommissar, der alle Hexen ausrotten würde, damit jeder in Ruhe leben kann, um jeder Gefahr zu entgehen.«

Es war ein kalter Wind, der seit dem frühen Morgen durch das Tal pfiff. Er jagte noch immer mit stürmischer Gier durch das Tal von Eckartsberga. Dabei riss und zerrte er von den Dächern die Schindeln. Stieß die Schornsteine um oder jagte die Ziegel vom Dach, die er dort zuerst lockerte und dann den erschreckten Fußgängern, die sich um diese Zeit auf der Straße herumtrieben, vor die Füße warf. Da der Wind mit eisiger Kälte stürmisch dahinjagte, eilten die Fußgänger eingemummt vor ihm her und suchten hastig Schutz.

»Es ist kein angenehmer Tag, den sich der 11. März zum Besuch von Eckartsberga ausgesucht hat«, dachte Magdalene. »Der Tag scheint nur Ärger zu bringen. Auf alle Fälle werde ich mich nicht vertreiben lassen. Notfalls zahle ich der Bäuerin alles heim und berichte davon dem Pfarrer!

Aber wie?«

Die angeblich verschmähte Liebe

Du wirst Bäuerin.« Diese Worte durchdrangen Magdalena, denn die Töne erklangen in ihrem Geist in regelmäßiger Folge: »Du wirst meine Bäuerin werden!«, selbst als Magdalena in den Stall rannte. Dort bekam sie Mut, denn die Worte, die sie hörte, waren Bastians Worte, die in ihr immer stärker nachklangen und sie heftig aufsuchten.

Jetzt waren sie verflogen und ganz unreal. Sie merkte: Er hat meine einstigen Worte vergessen und scheinbar nichts mehr für mich übrig. Sie sagte: »Von Bastians Mutter kamen heute ganz andere Töne. Schlimmere als je zuvor. Sie hat ihren Sohn bestimmt aufgehetzt.«

Sie überlegte: »Vereinigt hatte uns einst die Liebe, jetzt ist aber alles dahin. Es ist, wie es mir die Mutter sagte, als sie mich warnte.«

Da erklangen in ihr die Worte der Bäuerin: »Einst hast du meinen Sohn verschmäht, als mein Mann, der Bauer, noch lebte und jetzt willst du ihn mit aller Gewalt haben, aber jetzt ist er für dich nicht mehr zu haben.« Die erzürnten Worte der Mutter klangen in ihr, als sie die Küche verließ und in den Stall rannte.

Sie dachte: »Dieses Weib ist gar nichts wert und beschuldigt mich böse! Dabei ist es nicht wahr, was sie sagte.«

Bastians Mutter wusste nicht was sie mit den gehörten Worten anfangen sollte.

Sie hörte: »In den letzten Tagen schlich sie ständig, wie eine Katze, um Bastian herum, nur um mit ihm zu sprechen. Wollte ihn bestimmt verhexen. Magdalena ist von Bastian besessen und redet sich ihre Worte nur ein«, murmelte die Bäuerin.

Magdalena sagte: »Bastian, du bist meine große Liebe, von der ich nicht lassen kann. Ich muss dich festhalten, darf dich nicht frei geben. Doch die Nähe von Bastian ist jetzt gefährlich, da die Mutter immer zur Stelle ist, um uns beide zu trennen«, murmelte sie gedankenversunken im Stall.

Der Knecht sagte deswegen zu Magdalena: »Wegen einer Liebesaffäre mit Bastian hast du dein Lachen verloren. Ich sage dir: Das ist nicht der einzige Mann, den es gibt. Wenn du ihn nicht haben kannst, dann nimm mich.«

»Ich weiß dies könnte ich, aber ich liebe ihn und möchte dir kein Kind unterschieben! Wenn ich ihn nicht haben kann, ist mir alles egal.«

Daraufhin begann Magdalena wieder jämmerlich zu greinen.

»Du, was wir eben sprachen, sollte unter uns bleiben. Ein verborgenes Geheimnis. Ich sage es dir im guten, sonst könntest du noch mehr Probleme bekommen.«

Magdalena hoffte, der Bastian würde der Mutter die ganze Wahrheit erzählen, damit diese sie doch noch in Ihre Arme schließen würde. Sie freute sich darauf und wartete sehnsüchtig auf eine derartig Entscheidung am Nachmittag.

Nach diesen Gedanken verkroch sie sich voller Scham und hoffte, es möge dennoch alles gut enden.

Als der Knecht wieder am Stall vorbeikam, nahm er Magdalena abermals in den Arm und tröstete sie. Das war der Moment, als die Bäuerin den Stall betrat, denn sie wollte der Magd bei der Arbeit einheizen, sie dadurch fertig machen.

Sie hatte in den letzten Stunden sehr viel überlegt und sich über alles Gedanken gemacht. War aber zu keinem Ergebnis gekommen.

»Ich habe in meinem Leben bisher kaum Glück gehabt, aber sehr viel Pech. Der Vater starb und die Mutter musste die Ernährung der Kinder übernehmen, zu deren Erhalt ich täglich beitragen musste. Nun bin ich gezwungen, wegen der Liebe zu Bastian Versteck zu spielen. Doch was ist, wenn er mich nicht heiratet? Die Schandmäuler des Ortes klatschen über den Jungbauern und mich schon genug. Wo soll das hinführen?«

Magdalena wollte Bastian einst ein neues, erfolgreiches Leben schenken und ihn vom Zwang der Mutter befreien, aber sie schaffte es nicht, weil der Sohn zu abhängig von der Mutter war. Sie kannte auch nicht die Gespräche zwischen Mutter und Sohn. Sie wusste nur, er wollte keinesfalls Knecht werden und stellte sich deswegen auf die Seite der Mutter.

Alles was Magdalena in der Folge tat, war auf Bastian ausgerichtet. Selbst die opulenten Mahle zur Weihnachtszeit sollten sein Herz endgültig erringen. Sie konnte an der entstandenen Situation aber nichts ändern. Jeder Teil des Essens war eine Köstlichkeit für sich, doch dies nützte Ihr nichts, da Bastian zu dem Zeitpunkt Ihre lockende Forderung nicht verstand.

Der Feiertagstisch mit der schweren Eichenplatte besaß genügend große und kleine Vertiefungen für die vielen Speisen, die sie beim Weihnachtsmahl reichte. Es wurde neben Wild, Geflügel und Fisch aus der Saale gereicht, sowie gezuckerte Erbsen und ein köstliches Bier getrunken. Alles in allem handelte es sich um eine kräftige Kost nach Gutsherrenart. Die Bäuerin sagte: »Wir wollen doch nicht schlechter leben als der Herr auf dem Schloss.«

Selbst der angenehme, köstliche Trunk, der allen besonders gut mundete, veränderte die Situation nicht. Auch die hinreißende Delikatesse, das Spanferkel, deftig gewürzt und am Spieß gebraten, mundete allen hervorragend.

Bewusst legte der Hausherr, der Jungbauer, den Frauen ans Herz sich gründlich satt zu essen. Er sagte: »Essen ist seit jeher das erste Gebot des Lebens. Keiner soll es verschmähen. Es gibt keine schönere Befriedigung und nirgends werden die Unterschiede zwischen Arm und Reich deutlicher als bei Tisch. Darum sollten wir allen kundtun, was wir zur Weihnachtszeit speisen können. Der Winter wird nicht mehr lange andauern und uns ein neues Frühjahr schenken, wo alles blühen und gedeihen kann.«

Im Frühjahr, als die Landschaft zu grünen begann, sagte die Bäuerin: »Magdalena, hast du schon unsere schöne Landschaft betrachtet? Sie sieht gar lustig aus und ist mit vielen bunten Flecken versehen. Alles ergibt ein wunderschönes Bild: Die frischen Blumentriebe, der Tau des Morgens, die leuchtenden Grasspitzen, die hügligen

Berge, das Tal und Wasser, das zu Tal springt. Sieh dir alles genau an. So wirst du feststellen Eckartsberga ist ein schöner, lieblich eingebetteter Flecken.

In diesem Moment merkte Magdalena: Ich wurde in den letzten Monaten nur ausgenutzt und jetzt, wo die Schwierigkeiten da sind, will von dir niemand etwas wissen. Bisher warst du für den Bauer gut genug und sie verspürte plötzlich das verschmäht werden als etwas Furchtbares. Sie war verzweifelt. Wusste nicht was sie tun sollte. Sie versuchte es im guten, redete dem Jungbauer gut zu, doch der warf sie auf Geheiß der Bäuerin nach dem Mittagsmahl als sie in der Küche saßen, denn sie sollte nicht vernehmen, was die Bäuerin mit Ihren Sohn besprach.

Eines Tages schrie die Bäuerin: »Jetzt sollte die Hexe verdammt werden!«

Magdalena bekam immer öfter eine böse Ahnung. Denn Bastians Mutter schrie wiederholt: »Du, er will nichts von dir wissen Nun kommt für dich das schlimme Ende. Du warst doch oft genug mit dem Knecht allein im Stall. Jetzt willst du dir nur einen reichen Mann für deine Hurerei angeln. Der Knecht ist dir anscheinend nicht mehr gut genug.«

Die Eifersucht der Mutter wurde zur Raserei und das Brennen, des Hasses, begann sich in Magdalena verstärkt zu entzünden. Nach dem Verlassen des Hauses heulte sie sich an solchen Tagen bei dem Vieh aus. Die Tränen rannen, aber keiner gewährte ihr Beistand, nur die Tiere.

Magdalena hörte immer wieder den Schrei der

Bäuerin: »Die Strafe Gottes wird über dich kommen. Sag, wie können wir deine Seele retten? Lobe Gott, damit deine Seele für die Wahrheit des Glaubens standhaft bleibt. Geh zum Pfarrer und zur Beichte, damit du nicht am Geist krank wirst, denn du ziehst die Illusion der Wahrheit vor, indem du nicht gestehen willst, damit du mit der Unwahrheit zurecht kommst und die Wahrheit verleugnen kannst.«

Die Bäuerin stellte dann oft die Frage: »Wessen Geistes Kind bist du eigentlich? Warum heiligst du des Teufels Katze? Der Herr sagt in der Bibel: Wer mein Fleisch isst und Blut trinkt, wird durch mich leben in Ewigkeit. Solches willst du wohl nicht hören? Deine Seele lieber dem Teufel verkaufen? Magdalena, ein anderer, besonders guter Satz zur himmlischen Botschaft wäre: »Vergiss nie die Gehorsamkeit, denn das ist der wichtigste Teil der Gerechtigkeit. Missverständnisse sind nicht ungewöhnlich. Der Wahrheit sollte sich aber jeder stellen und diese nie verschweigen.«

Magdalena fühlte überrascht die Zeit, die ihr zum Leben fehlt, weil jeder, auch die Mutter des Jungbauern, seine eigene Vorstellung vom Leben besaß, die sie aber nicht übertragen konnte, weil sie nur ihre Vorstellung sah und keine weitere gelten durfte.

Der Jungbauer wagte, nach dem Mittagsmahl seiner Mutter erstmals zu sagen: »Mutter, wir sollten mit der Situation doch zurechtkommen. Wer hat uns bisher besser geholfen, als die einstige Perle? Wollen wir sie nicht beschützen, damit ihr kein Unrecht widerfährt?«

»Ich warne dich!«, schrie die Mutter den Bastian an. »Sag mir, wie willst du das zuwege bringen?«

»Wenn sie sich nicht besinnt und die Wahrheit sagt, dann wird die Verdammnis sie bestrafen oder Gott mit einer Strafe über sie kommen. Lass uns zumindest ihre Seele retten! Bete und lobe Gott, wenn deine Seele für die Wahrheit des Glaubens noch offen ist. Du aber ziehst die Illusion immer wieder der Wahrheit vor, in dem du dich in etwas verrennst. Höre, der Pfarrer hat mir gesagt: Trinken die Augen von der Schönheit der Welt, was das Herz begehrt, dann verbinden sich Seele und Körper. Deine Seele kann sich freilich nicht mehr mit deinen Körper verbinden, weil du etwas sagst, was nie der Wahrheit entsprechen kann.«

Die Bäuerin sagte: »Magdalena, dies bedenke und lass diesen Gedanken sich nicht in dir vollenden, sonst wird dich Gott dafür bestrafen. Magdalena, du seiest jedoch gestraft, denn bei dir soll alles entschwinden, was gut war, weil du die Wahrheit ständig verleugnest. Dir sage ich noch etwas: Es sieht aus als seiest du eine Hexe! In Gottes Namen seiest du drei Mal verteufelt, wenn du die Wahrheit nicht aussprichst oder diese verleugnest! Sag, wer außer dem Knecht, will dich besprungen haben?«

Im selben Moment verteufelt die Bäuerin das Mädchen, denn Ihr Hass wütete, wie der eisige Sturm vor dem Haus. Niemand wollte aber die Leiden und Tränen der Magd sehen oder hören. Die Bäuerin rief ihr noch zu: »Du bist die Magd und nichts anderes. Du hast meinen Worten zu folgen. Du kannst keine Bäuerin werden. Welcher Bauer will schon ein schwangeres Weib heiraten, welche schon vor der Ehe die Unschuld verlor und nun in dieser Form die Flucht in ein gutes, geordnetes Haus sucht? Nein, meine Schwiegertochter kannst du nicht mehr werden! Geh du zu Deinesgleichen!«

Am Nachmittag flehte Magdalena Bastian an: »Lass es uns bitte noch einmal versuchen. Hat es dir mit mir bisher nicht gefallen?«

»Ich kann nicht, die Mutter passt auf, damit wir keine Verbindung mehr aufnehmen.«

»Vergiss die Mutter und aller Ärger wird plötzlich verschwunden sein! Bastian, ein neues Spiel bringt neues Glück!«

»Magdalena, es hat gegenwärtig keinen Zweck.« In dem Augenblick ließ er seine Magdalena stehen und ging seiner Wege. Magdalena heulte sich fast die Augen wund, so heftig empfand sie die Beleidigung.

Sie hatte das Gefühl, als ob er für sie keine Zeit mehr hätte. Magdalena wollte nicht begreifen, dass Bastian ein ganz feiger, mieser Mann war und sie in Stich ließ. Empört murmelte sie: »Und diesen Mann habe ich einmal geliebt.« Am liebsten möchte ich ihn erschlagen.

Sie erinnerte sich gern, wie er sie einst nahm, wo immer es möglich war und es dabei nie toll genug zuging.

Trotz ihrer Wut schlief Magdalena ein. Da plagten sie wieder Alpträume. Sie konnte nicht lange schlafen, schreckte immer wieder verzweifelt Hilfe suchend auf. Das Schlimmste war das Ungeheuer, welches sich immer wieder auf ihrem Körper setzte und sie festhielt. Sie wollte weglaufen, aber die Last des Alps ließ es nicht zu. Sie wollte davonlaufen aber schaffte es nicht. Da drang der Schweiß bei ihr aus alle Poren, doch die Last des Alps konnte Magdalena nicht abwerfen.

Der Alp ergriff sie plötzlich an den Haaren und zog sie mit sich fort. Er schleppte sie zum Scheiterhaufen und warf sie ins Feuer. Dort musste sie brennen. Schreiend erwachte Magdalena und begann zu weinen.

Der Knecht, der herbeieilte, nahm sie danach besorgt in den Arm und tröstete sie. Da betat wieder die Bäuerin den Stall. Als sie dieses Bild sah, schrie sie: »Ich habe es gewusst! Du willst meinen lieben Sohn nur ausnutzen. Ich sage dir nochmals, du, bleib bei Deinesgleichen, den Schweinen!«

Magdalena war erregt und sank zu Boden. Sie fiel in Ohnmacht, weil jetzt sogar der Knecht sie verließ.

Voller Schweiß erwachte sie nach diesem Erlebnis. Schrie verzweifelt auf, und stürzte beim Aufstehen wieder nieder, denn Ihr Körper war nass und ausgelaugt.

Der Knecht merkte nur: Es dauert eine Weile; bis sie erneut zur Besinnung kam. Kaum aufgerichtet, begann sie mit sich zu schimpfen: »Warum nur hat er deine Liebe verschmäht? Wollte er dich als Frau nicht haben? Warum sagte er seiner Mutter die Unwahrheit? Hätte ich nur meiner Mutter geglaubt, dann müsste ich jetzt nicht nach einer Lösung suchen. Ach, was war ich dumm!

Warum hast du nicht geglaubt? Warum dachtest du klüger zu sein als die Mutter? Warum hast du der Bäuerin eine solche Schlechtigkeit nicht zugetraut? Warum nur hast du gedacht, der Bastian würde es ehrlich meinen? Weil du deinen Spaß haben wolltest? Auf ihn nicht verzichten konntest? Die Mutter hat dich gewarnt. Jetzt hast du den Salat. Nun trage dein Los standhaft!«

Magdalena machte sich über die Geschehnisse sehr viele Gedanken, weil sie nicht glauben konnte, was sie bis zu dem Zeitpunkt erlebt hatte und warum der Bastian immer wieder so schnell die Wahrheit vergaß?

Das Feuer

Sekunden nach diesen Geschehnissen kam Magdalena erneut zu sich und sprach wieder mit sich selbst: »Vor einem Tag hat mir Bastian gesagt: ›Du, die Mutter meinte zu mir, Junge, stoße dir die Hörner ab, solange es ohne Gefahr geht, denn es ist gut, wenn du mit etwas Erfahrung in die Ehe gehst. Es kann dein Schaden bestimmt nicht sein.‹«

Magdalena war am Nachmittag verzweifelt und wurde von vielen Rachegedanken erfüllt. Sie überlegte immer wieder: »Was kann ich gegen diese Ungerechtigkeit tun? Wie soll ich mich gegen die Unwahrheit schützen? Jetzt verschmähe ich die Liebe, die ich einst für Bastian empfand und aus Verzweiflung möchte ich am liebsten die Ställe des Bauern niederbrennen, denn meine Not ist groß, und viele verzweifelte, ganz trübsinnige Gedanken befallen mich. – Magdalena! Überlege dir gut, was du tust! Willst du am Galgen enden?«

Sie wurde an diesen Tag von immer mehr Rachegedanken erfüllt und in Gedanken sah sie überrascht das Gehöft hell lodernd dastehen und erinnert sich an einen Alptraum vor Tagen. »Ich sollte das Gehöft doch verbrennen. Die Bäuerin und den Bastian als Strafe rösten.«

Vor Schreck erstarrte Magdalena über das Ausmaß, welches das Feuer in ihren Gedanken annahm, und über die heftige Feuersbrunst, welche sich in kurzer Zeit dabei entwickelte. Sie betrachtete das Feuer wie versteinert. Erschreckt rief sie: »Ihr Gedanken haltet ein! Soll das meine Strafe werden? Herr, unschuldige werden dadurch Opfer werden. Das Übel ist groß. Später kann ich nicht beweisen, dass ich das Gehöft meines Herrn nicht anzündete und damit den verheerenden Stadtbrand verschuldete, wie es der Alp zeigte.«

Sie war zufrieden, dass der Altbauer Sebastian Nerrens vel Nierens dies alles nicht mehr erleben musste und empfand es als gut.

In Ihren Gedanken dauerte der Brand eine knappe halbe Stunde, während der das Feuer durch die Talverengung wütend jagte und der Sturm mit dem Feuer spielte. Erschöpft lag Magdalena nach dem neuen Alptraum im Stroh. Der gewaltige Märzsturm ergriff ein Haus nach dem Anderen, weil alles aus Holz erbaut war und das Feuer fraß dabei gierig um sich. Nichts konnte dem Feuer Einhalt gebieten. Samt dem Rathaus fielen die meisten Bürgerhäuser und viele Stallungen oder Scheunen den Flammen anheim. Sie brannten alle bis auf die Grundmauern nieder. Asche wurde der Rest der einstigen Ortschaft.

Sie sah nur, wie durch die Brandstiftung mehrere Personen umkamen. Sie konnten nicht gerettet werden oder sich vor den Flammen schützen. In den Stallungen gingen auch viele Stück Vieh zu Grunde. Die Tiere verbrannten elendig. Ihre Schreie waren fürchterlich.

Das ganze Tal wurde in Aufregung versetzt. Alle suchten nach dem Brand den Übeltäter.

Magdalena saget: »Die verschmähte Liebe und die Eifersucht sind die Übeltäter, nicht ich, die bis dahin unschuldige Magd, die zu der entsetzlichen Tat nur getrieben wurde.«

Magdalena lag erschöpft und mitgenommen im Stroh. Als sie endlich erwachte, waren ihre Gedanken mit der Tat zufrieden, denn endlich wusste sie, wie sie den Sohn der Bäuerin bestrafen und auf bittere Weise Rache nehmen könnte.

Den restlichen Tag verbrachte Magdalena heulend. Immer wieder tauchten in ihr die Bilder des Traumes, der Vernichtung auf. Ihr Herz und ihre Gedanken standen im argen Wiederspruch, doch der Alp verschwand nicht und suchte wiederholt ihren Geist auf und wirbelte all ihre Empfindungen wild durcheinander.

Dennoch ging sie vorm Füttern zum Vieh und streichelte es, suchte dort die Ruhe und Vergebung für die verwirrten Gedanken. In diesen Minuten kam Magdalena zur Besinnung, sie weinte und sagte: »Solches sollte den anderen nicht wiederfahren. Wenn, dann nur der Bäuerin und dem Bastian.«

Die Magd war hin- und hergerissen und glaubte dem Erlebnis nur bedingt, was ihr der Alptraum gezeigt hatte. Andererseits war sie beglückt, weil das lieblich eingebettete Städtchen nicht durch den Teufel in Schutt und Asche versunken war und sie dem schlimmen Alp unbeschädigt entkam.

Einen Tag später begleitete die Windsbraut sie jämmerlich heulend in den Stall, wo die Bäuerin sie hinjagte. Wieder tobten in ihr, wie in den letzten Tagen schon desöfteren, in ihrem Geist unheimliche Stürme. Die Gedanken tobten diesmal wie der Wind vor der Tür. »Du Dirne, geh zu Deinesgleichen, den Schweinen! Verschwinde aus meinen Augen! Du bist eine Dirne und kannst nicht mehr an meinem Tisch essen. Ich wollte verzeihen und dir eine Möglichkeit der Reue einräumen, aber du wirst immer fordernder, statt deine Schuld einzusehen. Warum spürst du nicht, das wir über dir stehen und nicht auf gleicher Stufe mit dir?«

Im Stall tauchten in ihr immer wieder die Worte der eigenen Mutter auf. »Magdalena, maße dir nie an, dich auf eine Stufe mit den Bauern zu stellen. Sie können dir schneller einen Strick drehen als du denkst. Wenn du dereinst in solcher Gefahr sein solltest, dann lass dich fallen, um die eigene Haut zu retten und beuge demütig dein Haupt in einer Beichte. Suche notfalls den Pfarrer auf, damit er deinen Geist beruhigt.«

Der Geist von Magdalena entzündete sich aber fortwährend neu, sie war auf die Bäuerin böse und sagte: »Ich müsste Ihr doch das Haus über den Kopf anzünden, wie ich es vor Tagen träumte.« Heulend lief sie nach diesen Gedanken über den Hof, welcher unterhalb der Eckartsburg, im Talgrund, an der Hauptstraße sein Dasein fristete. Dort wo das Tal begann eng zu werden, denn dort rückten die Talseiten einander stetig näher. Der Bauer hatte diesen

Fleck zum Siedeln gewählt, weil im Anschluss die Äcker begannen, wo das Tal breiter wurde und in kürzester Zeit die Felder aufgesucht werden konnten. Neben dem Bauerngehöft stand auch eines der drei Güter, welche sich alle in der Hauptstraße am Talgrund befanden. In diesem Fall lag dem Bauernhof das Untere Gut am nächsten und das Tal wurde durch das Untere Tor abgeschlossen. Es war ein großes Bauernhaus, welches viele Stallungen besaß, die zum Grundstück gehörten.

Magdalena saß jetzt im Schweinestall, um nicht zu frieren, denn es war auf den Straßen und im Stall kalt. Durch den Wind flackerte das Licht der Laterne sogar im Stall hin und her und warf dabei die eigenwilligsten Schatten an die Wand. Es erhellte den Stall nicht besonders gut, als ihr erneut die wildesten Gedanken durch den Kopf jagten und sie sich ihre Zukunft ausmalte. Sie ergriff die vor ihr liegende Mistgabel und stieß diese wütend in den Schweinemist. Dabei fluchte sie: »So müsste ich beiden entgegentreten!« Dabei tauchten in ihr immer wieder die Gedanken auf: »Ich müsste den Jungbauer vernichten! Er hat mich betrogen. Mich nur benutzt! An ihm sollte ich mich rächen. Mama, du hattest Recht! Hätte ich nur einmal deinen Worten geglaubt! Warum habe ich mich ihm hingegeben? Weil es mir Freude bereitete? Ich ihn liebte? Er hat mich dazu verführt und später konnte ich nicht mehr davon lassen, weil ich es aus Liebe gern tat. Ja, ich tat es gern, da es auch mir viel Spaß und Freude bereitete. Wie dumm war ich nur, seinen Worten zu glauben! Und jetzt kommt die Schmach, aber ich tat es aus Liebe. Doch er hat mich nur benutzt. Dafür sollte ich ihn bestrafen. Magdalena, du solltest lieber zur Bäuerin gehen und fragen was mit den Tieren werden soll. Sie sollen nicht leiden. Denn heute würden sie, wie es aussieht, wenn ich ihnen nichts geben würde, kein Fressen bekommen. Sie müssten bereits in ein paar Minuten gefüttert werden.

Deswegen eilte sie schnell in die Küche zur Bäuerin. Die schrie sie aber sofort an: »Was willst du hier?«

»Ich wollte wissen, was soll mit den Tieren geschehen?«

»Warum fragst du? Sag mir, wofür bist du da? Sag mir: Weswegen bekommst du von uns etwas zu Essen? Um nichts zu tun?«

Daraufhin eilte Magdalena verärgert in den Stall zurück.

Kurze Zeit danach, betrat der Jungbauer den Stall. Magdalena fuhr ihn wütend an: »Weißt du, was deine Mutter gesagt hat?«

»Nein!«

»Ich sei eine Dirne und ihr Sohn würde sich an einer solchen wie mir nie vergreifen.«

»Das soll sie gesagt haben?«

»Ja, nur zum Spielen, um Spaß zu haben, sei ich gut, aber nie zum Heiraten.«

»Das soll Mutter gesagt haben?«

»Ja, sie hat es gesagt!«

»Das ist unmöglich!«

»Sie hat mich sogar aus dem Zimmer gejagt und

meinte, ich solle in Zukunft für immer bei den Schweinen schlafen, denn ich sei ein solches und könne nur die Unwahrheit sagen!«

»Das hat Mutter bestimmt nie gesagt!«

»Was? Du verteidigst deine Mutter noch? Meinst du, ich sei eine Lügnerin?«

Daraufhin fragte sie: »Jetzt sag mir: Hast du mit mir geschlafen? Und mir dabei sogar das Himmelreich auf Erden versprochen?«

»Sag mir: Was bildest du dir ein? Ich habe gar nichts getan und nie mit dir geschlafen.«

»Willst du mich ärgern oder gar wütend machen?«

Sebastian antwortete: »Du, ich habe nie mit dir geschlafen. Das ist alles eine Lüge! Allein wegen dieser Lüge sollte ich dich verprügeln.«

»Du mich verprügeln? Wage es und ich werde dir das Licht entgegen schleudern, damit du verbrennst.«

Wütend ergriff die erregte Frau die Laterne und fuchtelte damit herum. Zuerst wollte sie diese dem Mann nicht entgegen schleudern. Doch dann begann sie den Jungbauern heftig zu beschimpfen. Unvermittelt beschimpften sich die beiden jungen Menschen sehr heftig und schrieen sich an. In ihrer Rage warf Magdalena dem Mann die Lampe entgegen und schrie: »Das darf doch alles gar nicht wahr sein, was du eben sagtest! Für wie dumm hältst du mich?«

Als sie dem Mann die Laterne entgegenschleuderte, der seinerseits die Frau beschimpft hatte. Schrie sie: »Brenne! Brenne!« und lief erregt aus den Stall.

In diesen Sekunden erklangen die Kirchenglocken und ihr war, als sei dies ein Gebet, denn es klang im Sturm wie ein erleichterter, wohltönender Hauch.

Magdalena schrie beim Verlassen der Stallung: »Von mir aus soll alles verbrennen, denn du hast es nicht besser verdient!« Und erzürnt ergriff sie die Mistgabel, um diese dem Mann ebenfalls entgegen zu schleudern. Doch sie verfehlte ihn, sah nur, wie er zu Boden stürzte. Wenn er nicht zur Seite gesprungen wäre, dann hätte ihn die Mistgabel erreicht und verletzt, aber er entkam, dachte Magdalena zornig und lief weg.

Die Flammen, die in diesem Augenblick zu züngeln begannen, beachtete Magdalena nicht mehr. In ihrer Wut interessierte sie nicht einmal, was die Flammen anrichteten. Es interessierte sie momentan weder der Jungbauer noch die Bäuerin, welche in den Moment die Stallungen betrat, weil die Wut die jungen Menschen sehr heftig und erregt ergriff.

Als Magdalena das Feuer bemerkte, schrie sie wütend. »Von mir aus brenne!«, und verließ fluchtartig die Stallung. Sie kümmerte sich um gar nichts mehr.

Wütend, verärgert, rannte sie aus dem Stallgebäude. Magdalena versuchte nicht einmal, das Feuer, welches im Stall entstanden war und heftig züngelte, zu löschen. Sie merkt nur, wie die Flammen wütend um sich griffen, als sie aus dem Stall stürmte und das Feuer im Stall immer mehr um sich griff, um helllodernd zu brennen.

Dies alles passierte zur Zeit der Vesperstunde,

denn als Magdalena den Stall eilig verließ, begannen die Glocken zur Vesper zu läuten. Obwohl sie vermummt war, weil der Wind eisig heulend dahinjagte, vernahm sie deutlich den Klang der Vesperglocke. Doch diese erreichte sie wie ein freudiger Gesang.

Der rote Hahn, der Magdalena begleitete, schrie ihr dabei nach: »Sieh nur, wie ich brenne! Wie schön ich brenne und lodere!«

Sie sah nur, wie er freudig aus dem Dach sprang. Zu jenem Zeitpunkt hatte sich der Sturm aber noch immer nicht beruhigt, sondern er begann noch heftiger zu fauchen. Da meinte sie wieder, das Wetterhorn würde auch erklingen, denn der Wind heulte plötzlich stärker als bisher auf. Im gleichen Moment schlugen helle Flammen aus dem Dach des Stalles. Die Bauern und Kinder auf den Straßen sahen voller Entsetzen die Flamme züngeln und gingen daran das Feuer im Haus des Bauern zu löschen. Einige, die sehr schnell herbeieilten, beobachteten dabei, wie die Magd Magdalena fluchtartig den Stall verließ und in der Nähe der Kirche Schutz suchte.

Der fürchterlich wütende Sturm trieb die Flammen gierig vor sich her und trug diese schnell weiter. Er ergriff die Balken und Schindeln der Häuser und schleuderte sie durch seine Heftigkeit als feurige Bälle durch die Luft, so dass sie prasselnd auf die anderen Dächer niedergehen mussten und setzte so weitere Gebäude in Brand. Die vielen Stallungen in der Nähe waren dabei ein willkommenes Feuerfutter der Flammen, welche das Feuer durch die heftigen Winde gierig ergriff und weiter trieb.

Als Magdalena sich ängstlich umsah, meinte sie es schreie ihr jemand nach: »Renne! Renne um dein Leben!« Da erinnerte sie sich ihres Traumes und bekam eine noch größre Angst. «Wie kann mir ein Alptraum, ein solches Feuer voraussagen?«

Alles vollzog sich infolge des Sturmes mit starker Gewalt, mit einer Schnelligkeit, welche von den Menschen später gar nicht zu begreifen war, so dass sie nur feststellen konnten: Solches Feuer kann nur Hexerei gewesen sein. Von Minute zu Minute steigerte sich die unerträgliche Feuerglut und machte die erschrockenen Einwohner von Eckartsberga immer ängstlicher.

Die Kirchenglocken schlugen nun steten Alarm, damit die Menschen aus den Häusern stürmen konnten, um nicht dem Feuer zu erliegen.

Plötzlich rannten halbnackte Kinder durch die Straßen, wo die Feuersbrunst am stärksten wütete. Magdalena hörte die Schreie der Bewohner in den Häusern und auf den Straßen, vernahm auch alles andere, das ängstliche Quieken der Tiere, die in den brennenden Häusern durch den Rauch und der heißen Glut starben. Dadurch begann bald alles nach verbranntem Fleisch zu stinken.

Von Sekunde zu Sekunde wimmelten mehr Menschen kopflos auf den Straßen herum und jeder versuchte sich zu retten. Herzzerreißende Szenen spielten sich ab, weil Kinder in die Feuer rannten.

Viele Frauen und Männer trieben jetzt hastig die geretteten Tiere auf die Straße, damit sie nicht dem Feuer erliegen mussten. Andere wiederum waren bepackt mit den wenigen geretteten Habseligkeiten, die sie versuchten in Sicherheit zu bringen. Doch die Bündel auf dem Rücken rissen viele Menschen nieder, wobei sie zu brennenden Fackeln wurden und jämmerlich verbrannten. Viele Kinder irrten dadurch zwischen den Erwachsenen herum, weinten oder schrieen nach den verlorengegangenen Eltern.

Ins Chaos des Grauens mischte sich das schauerliche Läuten der Feuerglocke. Die Menschen wussten vielfach nicht, wohin sie rennen sollten, weil das Feuer überall zu finden war und rannten dabei, weil sie kopflos handelten, einander oft um.

Dennoch gab es welche, die versuchten tatkräftig dem gefräßigen Feuer gegenüber zu treten, um Mensch, Tiere oder Möbel zu retten. Doch der Übermacht des roten Hahns war nichts entgegen zu setzen. Die Feuersbrunst vernichtete in seiner Wut den größten Teil des Städtchens. Ja, das Flammenmeer vernichtete, wie nach dem Brand festgestellt wurde, 17 Menschenleben. Selbst das Rathaus hielt der Gier des Feuers nur bedingt stand. Hier am Rathaus wurde das Feuer aber zum Stillstand gebracht, weil dort angeblich besonders gute Christenmenschen wohnten.

Nachdem die wichtigsten Arbeiten, des Löschens, erledigt waren, sich der Brand nicht mehr ausdehnen konnte, wurde eifrig nach der Ursache des Feuers geforscht.

Dabei wurde sehr schnell festgestellt, dass das Feuer zuerst bei Sebastian Nerrens vel Nierens gesehen wurde, und die Menschen sahen die Magd Magdalena, als das Feuer dort ausbrach, vermummt aus dem Stall wegrennen...

Außerdem wurde beobachtet, dass der rote Hahn zuerst auf diesem Dach züngelte, als Magdalena aus dem Stall rannte und wie sie hinter der Kirche Schutz suchte.

Die Menschen handelten sehr schnell und gingen sofort auf die Jagd nach der Magd, welche sich noch immer in der Nähe der Kirche aufhielt.

Nach anfänglichem Leugnen gestand die Verschüchterte ihr Verbrechen ein.

Da Eckartsberga über ein Hofgericht verfügte, war es ein einfacher Weg, Magdalena nach der Festnahme an das Gericht zu überweisen.

Die Diener der Gerechtigkeit sahen an dem Tag nur die Bilder des Feuerteufels, der ständig um die Menschen tanzte und die behinderte, die sich zu retten versuchten. Aus Angst hatte sich die Magd außerhalb der Kirche versteckt, denn sie hatte keine Ahnung, was aus ihrer Handlung entstehen konnte.

Später erzählten die Menschen, es dauerte nur Minuten, bis alles in Flammen stand, und sie die Worte »Feuer-Feuer!« Als Warnung vernahmen. Doch die Glut des Feuers war sehr heiß und heftig, so dass die Bekämpfung anfangs nichts einbrachte.

Einige Bürger sahen durch Zufall den Beginn des Brandes und wie die Magd aus dem Gehöft vom Bauer Sebastian Nerrens vel Nierens wegrannte, um sich in der Nähe der Kirche zu verstecken. Dadurch wurde sie schnell gefunden und überführt.

Als das Feuer zu lodern begann, schrieben die Menschen den 11. März 1562. Es war des Nachmittags gegen 16 Uhr, als die Glocken zur Vesperstunde läuten wollten, wo die Flammen zu züngeln begannen.

Der Brand fraß rasch um sich und die Flammen züngelten vom unteren Tor in Richtung Rathaus, also talaufwärts und kamen erst dort am Rathaus zum Stillstand. Der Ort wurde dabei in Schutt und Asche gelegt.

Das Feuer freute Magdalena und ärgerte sie, da der Hof des Bauern Sebastian Nerrens vel Nierens nicht vollständig verbrannte. Der hintere Teil der Tal auswärts lag und an der Stadtmauer stand, stehen blieb.

Die Bauersfrau sagte Tage nach dem Brand: »Gestern gab meine Kuh Blut statt Milch und die Hühner legten Hexeneier, aber ich konnte zu der Zeit damit noch nichts anfangen. Heute ist mir klar, warum dies dem Hof widerfuhr. Weil wir eine Hexe beherbergten. Ich sage es jedem der es hören will: Dies bedeutet für Eckartsberga nichts Gutes, denn so etwas ist und wird ein teuflisches Zeichen bleiben! Gegen die Macht der Hexen kann aber niemand etwas tun.«

Es war nur gut, dass der Amtsschlösser Nicol Körner und der Diaconus von St.Mauritio, Eustachius Pohle, Magdalena schon während des Brandes festnahmen, also zur gleichen Stunde als das Feuer um sich griff. Also die Magd Magdalena zeitig gefangengesetzt wurde, weil sie sahen, wie die Magd den Stall verließ, als es dort zu brennen begann, und sie übergaben diese sofort dem Diener des Hohen Gerichts und brachten die Magd umgehend in die Fronfeste, welche in der schmalen Straße unterhalb der Burg stand. Später wollten sie die Frau noch in den Turm der Burg bringen, um sie immer zur Hand zu haben, denn dort gab es einen Qualraum.

Der Amtsschlösser sagte: »Die brauchen wir noch nicht zum Turm bringen! Es reicht, sie ins ehemalige Amtsgerichtgefängnis zu stecken. So haben wir sie zumindest momentan immer, wenn wir sie brauchen, schnell zur Hand, besonders wenn das Verfahren beginnt.«

Magdalenas Herz war von da an verzagt und sie dachte: »Jetzt muss ich, von der lieben Welt bestimmt Abschied nehmen.«

Unter der Amtsfron, im Tal eingebettet, lag der verbrannte Ort und der Herrscher des Tales konnte nun nicht mehr die schöne Stadt von der Burg betrachten, denn hier war der Heimatfrieden zerstört. Dies wollten die Menschen Magdalena nun deutlich zeigen. Sie konnte aber wegen der Ketten nicht aus dem Fenster schauen, denn die Not schaut von dort zurück und trieb ihr dadurch immer wieder die Tränen in die Augen.

Sie lag die meiste Zeit auf Stroh gebettet in einer Ecke und sagte sich: »Schuld bist du ganz allein! Weswegen hast du nicht auf deine Mutter gehört?« Und sie fragte sich ständig: »Was werden die Menschen sagen? Sie werden mich verteufeln. Ob auch jemand nach der Ursache fragen

76

wird? Denn allein der Bastian ist eigentlich an allem Schuld, weil er mir ein Kind machte und dafür nicht gerade stehen wollte. Die Bäuerin wird mich bestimmt als Hexe verfluchen. So, wie sie es schon öfter tat. Was aber soll ich dagegen tun? Alle werden sie gegen mich sein. Hoffentlich wird mir nicht das Wort im Mund umgedreht. Was werden der Richter und die Amtleute sagen? Warum nur hast du dich dem Bauer hingegeben? Der Pfarrer wird bestimmt sagen: ›Mädchen, deine Mutter hatte dich einst gewarnt. Warum hast du nicht auf sie gehört? Was für ein dummes Weib bist du gewesen? Für dich wird es keine Gnade geben.‹«

Die Rache

Der Amtsschlösser Nicol Körner und der Diaconus von St. Mauritio, Eustachius Pohle, welche die Magd festnahmen, wussten nicht genau, ob sie die Übeltäterin war. Sie nahmen es nur an, weil sie bei der Bekämpfung des Feuers nicht half und schnell aus dem Stall flüchtete, um sich dann nahe der Kirche zu verstecken. Sie dachten, nur die Magd Magdalena konnte das Feuer entfacht haben, da sie aus der Stallung rannte, wo der erste Rauch herkam und die ersten Brandzeichen zu sehen waren. Sie waren sich im geheimen schnell einig die Übeltäterin gefunden zu haben. Ihrer Meinung nach musste sie die Brandstifterin sein, sonst wäre sie nicht so schnell weggelaufen und hätte sich danach nicht in der Nähe der Kirche versteckt. Nach dem Ergreifen redete sie außerdem ganz wirr und sagte immer wieder: »Ich wollte es nicht! Nur ihn bestrafen! Ihn allein nur bestrafen! Denn er hat mich betrogen! Mir ein Kind gemacht und jetzt mag er mich nicht mehr.«

Am Morgen des folgenden Tages sagte der Scharfrichter, der vorher mit der Bäuerin gesprochen hatte: »Da wir eine Stadt mit eigener Gerichtsbarkeit sind, wird es uns nicht schwer fallen die Brandhexe zu verurteilen.«

»Woher wisst Ihr, dass es eine Brandhexe ist?«, fragte die Bäuerin.

»Ich sah gestern, wie der Flammenteufel mit dem Feuer spielte und dem Züngeln kein Einhalt bot. Deswegen gilt meine Frage Euch, Bäuerin: Was wisst Ihr von allem?«

Obwohl er die Worte abseits des Weges mit der Bäuerin sprach, weil das Haus des Scharfrichters gemieden wurde, machten diese Worte bald die Runde, denn am liebsten suchten die Menschen das Haus des Scharfrichters nur in der Dunkelheit auf. Doch jetzt wurde immer öfter nach ihn verlangt, damit der den Tod sühnen könne, welcher am Tage des Brandes Eckartsberga heimsuchte.

Ab dem 11. März wurde jedoch für lange Zeit die Welt der Stadt grau und dunkel. Ja, sie lebten in diesen Tagen verdrossen dahin, da sich für diese Menschen für lange Zeit der Himmel verdüsterte. Außerdem kam dazu: Die Menschen hatten beim Gespräch etwas von einer Hexe und dem Teufel gehört und besaßen vielfach große Angst. Bald sagten sie deswegen: »Das könnte es gewesen sein.«

Im Schloss wurde deswegen alles ganz schnell für die Gerichtsverhandlung vorbereitet und Magdalena letztlich in den Gefängnisturm des Schlosses gesperrt.

Bereits wenige Tage später begann die Gerichtsverhandlung, weil keiner mit der Hexe lange in der Stadt leben wollte. Viele hatten Angst, sie könnte den Menschen nochmals derart böse mitspielen und an allen ihre Zauberkraft ausspielen, die sie bereits beim Brand gezeigt hatte.

Deswegen wurde sie nicht nur in Ketten gelegt, sondern bekam auch noch schwere Eisenkugeln um die Beine und zur Sicherheit der Menschen auch die Hände über Kreuz gebunden, damit sie sich nimmer befreien könne. Niemand sollte je die Zauberkraft von Magdalena vergessen.

Noch vor der Eröffnung der Gerichtsverhandlung sprachen nicht nur der Richter und Pfarrer mit der Bäuerin. Sie sagte zu ihnen: »Sie ist eine Hexe. Herr Pfarrer, ich habe es Euch ja bereits mehrfach gesagt, aber Ihr meintet, bisher bestand keine Möglichkeit dieses Weib als Hexe in Ketten zu legen, weil Ihr nichts zu beweisen war.«

Als der Richter mit den Geschworenen und dem Pfarrer das Verhandlungszimmer betreten hatte, sagte er: »Meine lieben Landsleute, wir wollen heute gegen die Magd Magdalena, ein wahres und echtes Urteil suchen und hoffen es mit Gottes Hilfe zu finden. Wir wollen sie nicht von vornherein verurteilen, aber eine so böse Tat muss einen Richter finden. Deswegen soll dem Gericht das Wort Gottes vorangestellt werden. Herr Pfarrer, beginnt bitte mit eurer Pflicht, weil wir im Interesse aller Bürger das Urteil nicht hinausziehen möchten.«

Der Pfarrer stand auf und begann: »Ich sage am Anfang allen: Dies ist ein weiser Entschluss des Richters, so schnell nach dem Schuldigen zu suchen. Ihr lieben Bürger, wir sind heute zusammen gekommen, um über die Magd Magdalena aus Rehehausen ein Urteil zu verkünden. Das ist die ehemalige Dienstmagd des Bauern Sebastian Nerrens vel Nierens, die den großen Brand in unserem lieben Städtchen Eckartsberga auslöste und deswegen jetzt vor Gericht steht. Ob sie zu verurteilen ist, kann ich nicht sagen. Mit diesem Brand hielt jedoch der Teufel seinen Einzug in der Stadt. Der Richter selbst sah, wie er mir sagte, den Feuerteufel tanzen, den wir jetzt endgültig vertreiben wollen. Allein deswegen müssen wir auch weiterhin schnell handeln, sonst versteckt er sich in ein anderes Weib oder macht viele andere zu Hexenweibern. Ich sage Euch: Aus dem Grund müssen wir dieses Weib als eine gefährliche Hexe betrachten. Wir sollten sie deswegen nach dem Hexenhammer aburteilen und sie zuerst auf Hexenmale untersuchen, damit die ganze Wahrheit ans Tageslicht kommt. Ich sage Euch: Das ist nichts für die Masse, weil sie das meiste nicht versteht und der Gerichtsraum klein ist. Aber wer so böse handelt, kann meiner Meinung nach nie unschuldig sein.

Wer den Teufel über die Dächer tanzen sah, wird wissen, was ich meine. Morgen werden wir im Qualzimmer des Gefängnisturmes mit der Befragung der Hexe beginnen, damit wir entscheiden können, ob es eine Hexe ist und wie diese zu bestrafen sei, denn der Tag ist schon weit vorangeschritten und das könnte die Geister verwirren. Da die Hexe die Nacht braucht, darf sie nur am Tag untersucht und verhört werden. Die Untersuchung des Nachts wollen wir also vermeiden. Deshalb werde ich das Wort Gottes morgen nochmals an alle im Befragungsraum richten, denn jeder soll die frischen Worte wie den neuen Tag in sich spüren, damit uns die frischen und jungen Gedanken begleiten und eine weise Entscheidung hervorbringen.«

Am Morgen des anderen Tages gingen die ausgewählten Ratsherren zum Turm, um am Prozess der Magdalena teilzunehmen und der Pfarrer begann mit dem Wort Gottes den Prozess erneut zu eröffnen.

»Liebe Mitbürger, weil das, was heute getan wird, ein schweres Amt ist, welches wir vor uns haben, sage ich allen, damit jeder weiß, wie schwer die Entscheidung ist: Wessen Uhr abgelaufen ist, der kann sie nicht mehr in Gang setzen. Infolgedessen muss er früher sterben, weil seine Seele dann nicht rein ist. Keiner kann die Dinge wieder in Gang setzen, wenn er zu atmen aufhört. Ich sage Euch diese Magd ist eine Brandstifterin, denn die verheerenden Flammen haben von den Menschen viele Opfer gefordert. Jeder sah den Flammenteufel wüten. Hier erhebt sich für alle die Frage, weil eventuell der Teufel die verstorbenen Seelen holte, waren jene Gesellen des Totes oder des Teufels?

Meine Herren, ich weiß: Ich sollte Gotteswort, Eurem Urteil voranstellen und nicht über Schuld oder Sühne der Angeklagten sprechen, denn dazu habe ich kein Recht. Ich kann nur Gotteswort als Aufruf benutzen, damit die Herren Beisitzer und der Herr Richter ein gerechtes Urteil findet.

Wie es Sitte und Brauch ist, ehe der Beschluss des Gerichts ein Urteil fällt, soll der Glaube oder Unglaube der Angeklagten geprüft werden. Geht es letztlich doch um Leben und Tod, weshalb alle Zeugen einen Eid auf Gott schwören müssen, um nichts als die Wahrheit zu sagen, damit ein richtiges, gottgefälliges Urteil gefunden werden kann. Als Richtschnur wird allen der Hexenhammer zur Seite gestellt, damit bei seiner Entscheidung niemand allein bleibt. Dies muss unsere Richtschnur sein. Die Ratsherren haben deswegen kein leichtes Amt, wenn wir die Hexe auf Teufelsmale untersuchen, um sie schon so der Hexerei zu überführen, denn nur dadurch können wir sie als Hexe untersuchen und befragen.

Unter großem Herzeleid vernahm ich vor Wochen, dass Personen beiderlei Geschlechts sich der größten Vergehen schuldig machten, weil sie ein bestimmtes Ziel erreichen wollten. Hier bei uns beging jene Magd eine große Sünde, die mittels der Hexerei einen Mann umwarb und ihn fast dem Feuertod übergab, weil er sich nicht der Hexerei ergeben wollte. Er entkam dem Teufel jedoch, weil er immer gottgefällig war.

Da wir unsterblich werden möchten, steht die Frage nach der Sünde und Sühne im Vordergrund unserer Entscheidung. Dies Magdalena, halte dir stets vor Augen.

Ich muss außerdem feststellen: Die Magd Magdalena, hat früher Glaube und Hoffnung gezeigt und meiner Ansicht danach gehandelt? Jetzt sage du mir: Warum bist du vom Pfad der Tugend abgewichen? Warum wolltest du einen Mann, der dir nicht zustand? War dir der Knecht nicht mehr gut genug?

Ich sage dir: Gott schuf die Natur als Vorsehung, damit der Mensch nicht in der Verdammnis ende, doch du warst zu stolz und besaßest zuviel Neid, denn du wolltest etwas, was dir keinesfalls zustand. Wie oft habe ich dir gesagt: Sucht immer dort, wo Ihr ohne Schwierigkeiten nieder blicken könnt, aber Ihr habt dies vergessen.

Ich will dir auf deinen jetzigen Weg wünschen, es möge dir ein gerechtes Urteil wiederfahren. Notfalls gehe als Sünderin in den Himmel ein, damit du dem Jüngsten Gericht später wiederstehen kannst oder streue Asche auf dein Haupt, wie jeder Sünder, der dennoch in den Himmel möchte, um das Jüngste Gericht unbeschadet zu überstehen. Deswegen wollen wir dir durch das Gericht helfen die richtige Erkenntnis zu finden.

Herr Richter, und Ihr Stadträte, die Ihr zu Gericht sitzt, ich wünsche Euch, ein gutes, gerechtes Urteil zu finden, damit der Gerechtigkeit genüge getan werden kann.

Obwohl der größte Teil der Stadt, durch dieses Weib, in Schutt und Asche gelegt wurde und dabei vielerlei Mensch und Tier vernichtet, kann bis jetzt niemand sagen, es sei eine Hexe und sie habe Schuld am Brand. Erst vor dem Amthaus, dem Sedilhof mit den Nebengebäuden, machte das Feuer halt, weil die Christenmenschen, die dort wohnen, mittels eines Vaterunsers und dem Kreuz das Feuer zum Stillstand brachten. Sofort drängt sich uns die Frage auf: Warum endete das Feuer an dieser Stelle? Ich will es Euch sagen: Weil hier gottesgläubige Menschen lebten, die dem teuflischen Feuer Einhalt gebieten konnten und diesem ein Vaterunser entgegen setzten, um es zum Stillstand zu bringen. Und es mittels dem Kreuz zur Aufgabe zwangen. Allein aus diesem Grund muss allen klar werden, ein solches Feuer, mit solcher Gewalt konnte nur eine Hexe zuwege bringen. Sie muss hier immer wieder laut sprechen, um uns zu sagen: Wo hast du solche Kraft her? Wer so weit fehlte, wie du, der muss mit einer harten Strafe rechnen, außer du könntest beweisen, es wäre Unrecht, was hier gesagt wird.«

Der Pfarrer sagt zur Beruhigung der Räte am Beginn der Verhandlung: »Zuerst müssen wir nach den Merkmalen der Hexe suchen. Es könnte sein, sie ist gar keine Hexe. Andererseits muss ich sagen, jeder Mensch kann mit Satan einen Teufelspakt eingehen und damit Hexe werden. Wer von uns kennt nicht die vielen Teufelsbündner? Wer sagt mir, wie sie aussehen? War es die Begehrenswerte, die Junge, Attraktive, die Lebenslustige, welche von vielen Geschlechtsgenossinnen eifersüchtig beobachtet wurde? Wer sagt mir, welche Merkmale eine Hexe hat?

Ich sage Euch das vorher, weil die weltliche Obrigkeit solches gern vernimmt, da die Amtleute zu oft an Hexerei glauben, um diese verfolgen zu können. Doch hier liegt schon das eindeutige Geständnis ohne Zwang vor. Es war ein schnelles Geständnis, darum muss hier untersucht werden, ist es eine verborgene Hexe? Will sie mit dem Geständnis etwas erreichen? Damit sie später weiter wirken kann? Diesem schweren Verbrechen der Zauberei können wir nur mit außerordentlichen Rechtsmitteln begegnen, um zu einem gerechten Urteil zu kommen. Ich will und darf dem Gericht nicht vorgreifen, weil mir ein solches Urteil nicht zusteht. Außerdem ist es eine weltliche Angelegenheit.«

Zu Magdalena sagt er, denn er sprach sie danach an: »Damit du weißt, wie es um dich bestellt ist, will ich dir hier die Wahrheit sagen. Zauberei und Hexenkunst sind schlimme Vergehen, wenn es dadurch zu solch einer Auswirkung kommt, ein solch verheerendes Feuer entfacht wird. Nun soll ich dir noch ergänzend sagen: Die vielfältigsten Foltermethoden haben sich bei solchen Verbrechen als brauchbares Mittel erwiesen, um die Teufelsbündner geständig zu machen. Dabei muss mit List vorgegangen werden, denn die Inculpanten suchen stets die Hilfe des Teufels auf oder versichern sich seiner Hilfe, um zu entkommen. Da deine Tat beobachtet wurde, und es dafür viele Zeugen gibt, musst du mit der schlimmsten Strafe rechnen. Außerdem hast du selbst gesagt: ›Ja, ich habe das Feuer entzündet. Ich wollte eigentlich nur dem Bastian einen Schreck einjagen. Ihn bloß ärgern.‹ Ich habe schon von vielen Hexenverfolgungen gehört, aber eine solch böse Tat sah ich noch nie. Daher muss ich sagen, die Hexen machen nicht nur die Menschen krank, viele Hexen verloren bei der Inquisition nicht einmal eine Träne. Dir sage ich deswegen: Wenn wir hier einen Hexenkommissar gehabt hätten, dann hätten wir dich schon viel früher festgenommen und der lieben Stadt wäre ein solches Schicksal, wie es uns durch dich wiederfuhr, erspart geblieben. Du hast unsere schöne Stadt verzaubert und mit vielerlei Not beladen. Viele sagen, dies sei durch den Umgang mit den Katzen gekommen, die du täglich pflegtest. Viele Fragen kommen jetzt auf uns zu: Wo nahmst du die

86

Teufelskraft her? Bekamst du die Teufelskraft, die du empfingest, tatsächlich von den Katzen, weil in den Katzen sich oft der Teufel versteckt? Wir werden dich fragen: Willst du unter der Folter gestehen oder willst du es Gott anheim stellen, ob er dich annimmt? Da du auf Geheiß von Satan das Christentum verleugnet hast, um Hexerei durchzuführen, kannst du nur mit dem Feuer vom Leben zum Tod gebracht werden, damit deine Seele Frieden erhält, denn nur so kannst du als neuer Mensch deinem bösen Schicksal entgehen. Durch dich wäre in Eckartsberga bald Sodom und Gomorrha entstanden. Deswegen musste der Ort brennen. Hoffen wir nur, durch den Brand wurde all das Böse das es einst gab, vernichtet. Durch die Folter kannst du sogar den Teufelsbuhlen entgehen, vor allem dann, wenn du öffentlich gestehst. Nur dann wird dir der Herr Jesus Christus sogar beim Feuertod helfen und dir beim Jüngsten Gericht viel Beistand leisten, damit du später der Hölle entkommen kannst.

Ich sage dir noch etwas: Viele tapfere, einsichtige Männer bekämpften eifrig deinen blutdürstigen Wahnsinn, dem du verfallen warst, und führen dich bestimmt auch gern zu Gericht, damit die Stadt von der Not befreit wird, die du ihr brachtest. Deswegen entscheide dich schnell. Welchen Weg willst du gehen?

Als Beweis deiner Schuld wurde von den Amtsleuten alles festgehalten. So wurde festgestellt: Die Bäume im Hof des Bauern trugen sogar Hexenbesen und die Hühner legten Hexeneier.

Ich sagte allen, die hier versammelt sind, die

Befragung wird deine Not bestimmt an den Tag bringen. Entsteht Unruhe unter den Unfreien oder den Leibeigenen, dann werden sie vom Dämon des Bösen geprägt. Er ist verbunden mit Unzulänglichkeit, Unberechenbarkeit und Besessenheit, wie wir es bei dir, Magdalena, am Tag der Festnahme vorfanden, obwohl du eine freie Magd bist.

Dies alles geht, wie ich eben erwähnte, von den Feinden Gottes aus, den Hexen oder zauberkundigen Frauen. Wie war das, hast du nicht auch die Hexe vom Klosterholz besucht? Ich frage dich so, weil du von Holzweibern beobachtet wurdest. Was hattest du dort zu suchen? Hierbei stellt sich mir außerdem die Frage: Was ist der rechte Glauben? Kann das, was der Stadt widerfuhr, Gottesfügung sein? Eine Reinigung wie bei Sodom und Gomorrha? Ich darf deswegen fragen: Wie konnte Gott solches zulassen? Nur wer den rechten Glauben besaß, wurde verschont. Die Verteufelten mussten bereits am gleichem Tag sterben. Sie schickte Gott ins Feuer. Doch du entkamst, obwohl du bisher keine echte Einsicht zeigtest. Gott will dir so bestimmt noch eine Prüfung auferlegen, ob du nicht für zu leicht befunden wirst, wenn du vor dem Jüngsten Gericht stehst, damit du spürst, wie schlimm die Leiden des Feuers sind und welche Not damit verbreitet wird.

Besonders gottesfürchtige Menschen sind die Bäuerin und Ihr Sohn. Beide wurden trotz der großen Not von Gott verschont, damit sie über dich aussagen können. Die Hexe abgeurteilt werden kann.

Weiterhin erhebt sich die Frage: Wie können 400 Stück Vieh verbrennen und 60 Bürgerhäuser, bis zum Amtshaus in Schutt und Asche verwandelt werden? So viele Tote, 17 Personen, gab es bisher bei keinem Brand. Allein aus diesem Grund solltest du am Schandpfahl brennen. Den ehrlichen Tod kann dir demgemäß eigentlich keiner gewähren. Der Tod mit dem Richtschwert sollte dir wegen deiner Vernichtungsgier verwehrt bleiben. Für eine solche Untat musst du Sühne tun, für die, die in den Flammen umkamen und dort die Erlösung fanden oder das viele Vieh und die eingeäscherten Häuser, ohne dabei die Stallungen und Scheunen zu beziffern.

Du kannst demnach nur noch gestehen, da du von vielen überführt wurdest und ohne Folter bereits vor Zeugen deine Tat gestandest.

Du schweigst, weil du eine Hexe bist! Wir wollen vermeiden, dass du uns einen zaubernden Wunderdoktor schickst, damit er die Menschen in die Irre führt, denn die Stadt wurde von dir bisher vorzeitig übel belohnt. Wir werden dich darum und deine Machenschaften noch heute durchschauen. Bedenke: wir sind der gerichtliche Mittelpunkt des Umlandes und besitzen einen Scharfrichter und Henker.

Gestatte mir eine letzte Frage: Wie konnten beim Bauer die Kühe, statt Milch Blut geben? Ich selbst sah es sogar an einem Eimer. Die Bäuerin hat darüber bisher geschwiegen, weil sie dich in Schutz nehmen wollte. Nur eine alte weise Frau klärte mich nach einer Beichte auf. Auch darüber musst du ein Geständnis ablegen.«

Magdalena sprach leise mit sich selbst. »Mutter, du hast mir einst gesagt: Das Suchen nach Glück und Wahrheit hat Gott jedem Menschen in die Seele gelegt. Warum nicht mir? Jetzt sag mir: Warum habe ich weder das Glück noch die Liebe gefunden? Weil die Menschen, die mich umgaben, die Wahrheit scheuten? Nur ihr Verlangen und ihren Vorteil kannten? Weswegen werden sie dafür nicht bestraft?«

»Der Amtsschlösser Nicol Körner und Eustachius Pohle, Diakonus an St. Mauritilo, fanden dich, weil sie sahen, wo du hinranntest, als das Feuer begann und weil du vorher die Stallungen verließest. Sie übergaben dich sofort dem hohen Gericht, da die schweren Verbrechen der Zauberei, nur mit außerordentlichen Rechtsmitteln verfolgt werden können und ein solches Feuer nicht auf normalen Weg entstehen kann. Um dich, die Teufelsbünderin geständig zu machen, bedarf es keinesfalls der Anwendung irgendeiner Foltermethode, dennoch ist sie notwendig, damit du die Wahrheit vor allen sagen kannst. Die Angst vor der Sünde wird dich nämlich gefügig machen. Für dich bedarf es keines Blutraumes, aber eines guten Büttels, der zumindest das gute und richtige Anlegen der Daumenschrauben beherrscht, damit du die Urgicht ablegst. Mittels der Folter sollst du zum Geständnis gebracht werden und mit dem Malleus Malificarum, dem wohlgelobten Hexenhammer, wird dein Urteil bestimmt werden, denn die Sodomiterei ist ein gefährliches Spiel und du hast es bei den Katzen betrieben. Ja, ich weiß, du hast mit den Tieren des Stalles Unzucht betrieben. Der Knecht beobachtete dich dabei. Warum sonst warst du so oft im Stall?

Mit der Realterrition werden wir dir zeigen, welche Tortur dir bevorsteht, wenn du nicht die Wahrheit sagst. Wir werden dich mit allem vertraut machen. So kann jeder Verdächtige zum Geständnis gebracht werden, damit eine Urgicht erzielt wird. Dann erst kann das Urteil gesprochen werden, denn wir wissen bis jetzt noch nicht, welches Urteil du verdient hast, denn wir wissen noch immer nicht, welche hexischen Sachen du noch begangen hast. Dies alles muss mit List durchgeführt werden, um festzustellen, dass du, die Inkulpatin, sich der Hilfe Satans versichern konnte oder der Hilfe einer schwarzen beziehungsweise einer dreifarbigen Katze. Da die Sünder in ihrer Angst geschwätzig sind, wie ein altes Weib, wird es keine Kunst sein dich der Sünde, die du begingst, zu überführen.« Mit diesen Worten beendete der Pfarrer seine Worte zur Eröffnung des Prozesses.

»Lasst uns nun, um die Eröffnung zu beenden ein Vaterunser beten.«

Am Beginn der Befragung und der Untersuchung sagte er: »Nun Ihr Ratsherren, waltet eures Amtes. Damit Ihr die Untersuchung gut durchführt könnt.«

»Danke, Herr Pfarrer«, sagte der Richter und übernahm die Verhandlungsführung.

»Am Beginn der Verhandlung sind vom Pfarrer die notwenigen Worte bereits gesagt worden, deswegen können wir sofort mit der Vernehmung der Zeugen beginnen. Zuerst sollten wir die Bäuerin vernehmen. Den Sohn können wir noch nicht vernehmen, weil der arme Kerl, wegen des Brandes noch das Bett hüten muss. Dann sollte der Pfarrer als Beichtvater aussagen und anschließend der Knecht. Dies wird reichen, ehe wir mit der Verhandlung beginnen, um die göttliche Entscheidung durchzuführen, also die Wahrheit zu finden. Damit soll es für heute genug sein und die Angeklagte wird dann in den Hexenturm gebracht, damit wir sie morgen nicht holen müssen.«

Am Morgen versammelten sich die Herren Räte und der Richter, um die Angeklagte zu vernehmen.

Der Pfarrer sagte, nachdem ihm nochmals das Wort erteilt worden war. »Allein wegen der vielen Überlegungen die jeder anstellen sollte, sollte er sich zuerst die Frage stellen: Sind solche Weiber überhaupt noch Menschen? Ergo, besitzen sie noch eine Seele? In der Kirche sind die beiden Geschlechter getrennt, damit sie sich nicht sehen. Denn die Gedanken sollen während der kirchlichen Zeremonie sauber bleiben, da die Gelüste des Fleisches zur Zuspitzung des Hexentreibens beitragen. Dies wird uns die Inkulpatin bestimmt bestätigen.

Ihr Ratsherren, die Ihr heute über die Magd zu Gericht sitzt, sucht ein gerechtes Urteil, weil Ihr es heute mit dem Problem der Hexerei zu tun habt und uns deswegen fragen sollten: Was war die Ursache, all dieser Dinge? Wie konnte ein derart verheerendes Feuer entstehen? Wie sagt

92

die Bibel: Schon Eva konnte nur mit der Hilfe des Teufels Adam verführen. So wie es hier passierte. Die Magd war Eva und verführte den Jungbauern, um einst Bäuerin zu werden. Dies passierte, weil die Weiber der Zauberei gegenüber viel aufgeschlossener sind und die Hexerei zu solchen bösen Handlungen benutzen, um bestimmte Ziele zu erreichen. Diese Teufelin ging sogar so weit, wie wir es uns gar nicht getrauen zu denken. Meine Herren Räte, ich möchte mich nicht auslassen, sondern wir sollten lieber mit der Befragung beginnen, denn alle haben ihren Platz eingenommen. Nun lasst uns beginnen, aber vorher noch ein Vaterunser beten.«

Nach dem Vaterunser sagte der Richter: »Bäuerin, allen soll von dieser Stelle verkündet werden, dass derjenige, der solchen oder ähnlichen Dingen Glauben schenkt, den Glauben verloren hat und der gerechten Strafe zugeführt werden muss. Ich sage nochmals, wer die Kraft des Glücks nicht nutzt, wird bald vor den eigenen Trümmern stehen, da das Wohlergehen verdient sein will. Bäuerin, jetzt kommt vor und sagt uns, was zu sagen ist,«, sagte der Richter.

»Die Magdalena hatte einst viel Glück, aber sie nutzte diese Chance nicht.«

»Warum?«

»Sie brachte der Mutter und dem toten Vater nur Schande ein, obwohl es eine ehrbare Familie ist, aus der sie stammt. Ich rufe ihr deswegen zu: Du hättest das Licht, das dir einst entgegen leuchtete, sehen sollen, die schöpferische Kraft, um Freude am Leben zu finden. Doch du hast die Kraft übersehen und den falschen Worten gelauscht, um in der Scheune die Hexen aufzusuchen, die seit deiner Zeit dort lebten, nur um dich mit diesen Hexen verbünden zu können. Deswegen brannte zuerst die Scheune nieder.«

»Ich dachte einst, du hättest die Kraft, um ein guter Mensch zu werden und hast sogar mich geblendet«, sagte der Pfarrer entrüstet. »Deine Worte waren nicht echt. Sie waren Lug und Trug. Ich sage hier nochmals, damit es auch alle verstehen: An und für sich will jede gute Tat eingeläutet werden, doch du hast das Läuten des Glücks überhört. Darum musst du heute überführt werden. Ich möchte dir noch sagen: Gottes Güte reicht weit, doch von dir hat er sich abgewendet, weil dein Herz voll von Hass und Eifersucht ist. Du bist verblendest und kannst dem Lauf des Tages nicht mehr folgen. Damit übergebe ich dich dem Urteil des weltlichen Gerichts, damit diese Männer ein gutes, gerechtes Urteil für dich finden.«

»Leider darf ich als Bäuerin zu allem keine Stellung nehmen. Nur die Männer des dazu berufenen Gerichts dürfen dies. Ich kann nur meine Beobachtungen darlegen. Deswegen werde ich umfassend und ehrlich auf alle Fragen antworten.«

»Liebe Bäuerin, ich muss fragen: Darum sagt uns: Was habt Ihr zu allem zu sagen?«

»Herr Richter, die menschliche Dummheit ist groß. Deswegen wird übersehen, was Hexen anrichten können. Die Magd war nicht einmal eine Woche bei uns, als ich bei ihr die erste hexische Gefahr bemerkte.

Sie werden jetzt fragen: Wie sah diese aus? Ich will es Ihnen sagen. Ihre Augen funkelten und ich hatte das Gefühl, als wollte sie mit den Augen den Bastian verschlingen. Sogar mein Mann bemerkte es. Er fragte mich: Will die Magd den Bastian mit Haut und Haaren fressen? Dies teilte ich auch dem Herrn Pfarrer mit. Er sagte mir um mich zu beruhigen: Wir müssen die Magd zuerst beobachten. Ein Urteil wird oft zu schnell gefällt und kann ein Vorurteil werden.«

»Dies stimmt«, rief der Pfarrer dazwischen. »Ich konnte mir damals solches nicht vorstellen.«

»Deswegen will ich hinzufügen: Seit sie auf dem Hof weilte, veränderte sich vieles. Erst gaben die Kühe weniger Milch, doch auch dies konnte nicht als Hexenindiz betrachtet werden. Was mich noch stutziger machte war, die Krankheit des Mannes nahm täglich mehr zu. Wir konnten ihr keinen Einhalt gebieten. Und in den letzten Woche gab es viele Hexeneier.«

»Bäuerin, immer langsam und der Reihe nach. Sag es nochmals.«

»Schlug ich in den letzten Tagen die Eier auf, fand ich dadrinnen kein Eigelb. Am Ende wurde die Schale ganz weich. Eines Abends sah der Knecht, wie sie bei Kerzenlicht betete und irgendetwas zelebrierte. Sie fluchte oft und verwünschte dabei das eine oder andere.«

»So trug sie die Zaubersprüche vor«, rief der Knecht. »Genau so!«

In diesem Augenblick schaltete sich der Pfarrer ein. »Ich kann nur sagen und alle mögen es mir glauben: Wer Blut wie Wasser trinkt, kann nicht normal veranlagt sein. So können nur Hexen veranlagt sein. Ich muss sagen: Was die Bäuerin bisher sagte, stimmt. Nur fand ich nicht den Schlüssel, der die Wahrheit betraf. Die Heilige Schrift sagt dazu: Wer mein Fleisch isst und von meinem Blut trinkt, wird leben in Ewigkeit! Diese Dinge brachten mich in Verwirrung. Heute muss ich sagen: Die Strafe Gottes wird über Magdalena kommen. Die Seele kann aber nur durch die Asche auf Ihrem Haupt gerettet werden. Hätten wir damals einen Hexenkommissar gehabt, wären diese Dinge nie geschehen. Ich sage: Lobe Gott, wenn deine Seele, solche Vorkommnisse für wahr hält und suche den rechten Glauben, aber verzaubere niemand.

Die Magdalena konnte solche Dinge in den letzten Wochen nicht mehr abwenden, denn sie kam bald nimmer zur Beichte. Anscheinend kam sie schon damals nicht mehr mit der Wahrheit zurecht.«

»Danke Hochwürden und dir Bäuerin!«

»Doch jetzt wollten wir den Knecht hören.«

»Entschuldigt, ich muss noch etwas sagen.«

»Kommt und sprecht!«

»Eine Waldfrau sagte mir beim sonntäglichen Spaziergang: ›Habt Ihr der Magd Magdalena heute schon die Beichte abgenommen?‹ Ich sagte: ›Am heutigen Tag nicht? Warum sollte ich dies?‹ ›Dann will ich Euch warnend sagen: Sie suchte vor Tagen mehrfach die Hexe des Waldes auf und tanzte unter bestimmten Bäumen mit ihr.‹ ›Danke!‹, sagte ich und machte mir wegen dieser Aussage große Sorgen.«

Daraufhin trat der Knecht vor und er antwortete auf die Frage: »Jetzt sagt Ihr uns was Ihr von den Anschuldigungen wisst?«

»Ich kann nur sagen: Eines nachts wachte ich durch seltsame Geräusche auf. Weil sie mir verdächtig vorkamen schlich ich in den Flur, um zu lauschen: Wo kommen solche eigenartigen Geräusche her? Da sah ich überraschend einen Lichtschein aus der Kammer von Magdalena kommen. Sofort lauschte ich an ihrer Tür. Da hörte ich, wie sie sagte: ›Ich müsste eine stärkere teuflische Macht besitzen. Bitte, schenkt sie mir, damit ich ihn für immer verteufeln kann, wenn er nicht mein werden will.‹«

In dieser Sekunde schrie Magdalena: »Er war es. Er hat mich oft besessen. Von ihm wurde ich schwanger! Ihr Sohn besuchte mich des Nachts.«

»Das kann nicht stimmen!«, schrie die Mutter.

Im selben Augenblick sagte der Pfarrer: »Lasst den Knecht in aller Ruhe erzählen.«

»Das ist ein guter Gedanke!«, entgegnete der Richter. »Erzählt bitte beruhigt weiter, Euch wird nichts wiederfahren, denn wir sollten bald zum Ende kommen und die Angeklagte hinaus in den Turm führen.«

Sofort wurde die Angeklagte hinausgeführt und der Knecht erzählte weiter.

»Herr Richter, ich hörte danach, wie Magdalena flehte.«

»Warum habt Ihr damals nicht eingegriffen?«

»Ich hatte große Angst, sie könnte über Kräfte verfügen, die mich vernichten würden.«

»Das ist einsichtig! Ich glaube jeder von uns kann deine Angst verstehen und wird dich deswegen nicht verurteilen.«

»Außerdem sagte sie noch: ›Ich werde dich zwingen mich zu nehmen oder alles soll über dir einstürzen. Ich werde dich ab und zu küssen, damit du verzaubert wirst. So wollte sie auch den Teufelsbalg übertragen.‹ Dies entsprach genau der Empfindung, die ich damals hatte. Dennoch möchte ich Euch ergänzend sagen: Sie verfluchte in jener Nacht den Jungbauer und sagte: ›Und bist du nicht willig, so brauche ich Gewalt, mittels des Teufelsbalgs.‹ Seit dem Tag nahm sie an Umfang zu. Schaut sie Euch nur richtig an, dann bemerkt Ihr die Rundung Ihres Leibes, die unnatürlich sind.«

»So geschah es. Dies bemerkte auch ich!«, sagte die Bäuerin. »Sie nahm plötzlich an Rundungen zu.«

»Ich danke Euch für diese Aussage! Nun möchte ich die Magd, die Angeklagte, befragen.« Und der Richter ließ sie wieder vorführen.

»Ich warne dich: verschweig nichts, denn wir wollen ein gerechtes Urteil finden.«

Doch die Angeklagte schwieg zu allen Fragen. Sie heulte nur. Der Richter erhielt trotz mehrmaliger Wiederholung der Fragen keine Antwort. Deswegen sagte er: »Gut, wir werden am Nachmittag mit der Vernehmung fortfahren, weil die Angeklagte jetzt nicht mehr sprechen will.«

Während der Mittagspause gingen der Richter und die Räte zu Tisch und überlegten: »Wie können wir die Gerichtsverhandlung schnell beenden? Weil das Gericht sie nicht durch ihre Aussage überführen konnte, da Magdalena schwieg.

Soll der Scharfrichter die Vernehmung übernehmen und ihr sofort ein Geständnis abtrotzen oder sie soll die Aussage der Festnahme nochmals vor Zeugen wiederholen.«

Aus dem Grund wurden ihr zuerst die Kleider vom Leib gerissen und sie auf Hexenzeichen untersucht, wie es der Doktor als bessere Lösung fand, und ein solches Mal wurde gefunden. Die Büttel musste sofort die Nadelprobe durchführen. Diese zeigte sehr genau die Hexe an. Daraufhin wurde ihr der Marterkittel übergestreift und die Magd auf die Streckbank gelegt. Kaum hatten die Büttel die Streckbank betätigt, da schrie sie: »Ich gestehe! Ich gestehe!«

Mit einer derart schnellen Aussage hatte niemand gerechnet. Die Büttel hätten zwar gerne weiter gemacht, aber die Aussage gebot ihnen Einhalt.

Sie fügte noch hinzu: »Ich werde Euch alles sagen, doch quält mich nimmer, denn mir schmerzt der Bauch.«

»Wie kam es zum großen Brand?«

»Gleich feurigen Vögeln ließ der Wind mit der Hilfe des Satans den Sturm heftig niedersausen und das Feuer von Dach zu Dach springen. Schnell brannte dadurch die nächste Häuserzeile. Allein deswegen glich die Stadt nach wenigen Minuten einer Brandfackel. Wollte das Feuer als Fackel verlöschen, blies Satan das Feuer erneut an. Am Ende schaffte er es nicht, es wieder zu entzünden, denn es sollte eigentlich auf jeden

Giebel der rote Hahn gesetzt werden. Mit höhnischem Lachen betrachtete der Teufel zufrieden sein Werk und breitete seinen Mantel freudig aus, so dass am Ende die Dunkelheit kaum noch etwas erkennen ließ. Er sagte mir: ›Ich wäre bei einem Haus geblieben, bei dem des Bauern, wo du als Magd warst, wenn er dich genommen hätte, aber seine Mutter hatte eine Schönere als dich ausgesucht und das gefiel mir nicht.‹«

Die Menschen die dies hörten waren entsetzt. Solches hatten sie nicht erwartet.

Erst im Folterraum merkte jeder, das waren nicht ihre eigenen Worte. Denn jetzt klangen sie fremd und alle spürten, aus dem Mund von Magdalena sprach nicht die Frau, sondern der Teufel.

Allein deswegen sagte der Pfarrer: »Aus den letzten Worten höre ich: Feuer muss mit Feuer bekämpft und gesühnt werden.«

Daraufhin sagte der Richter: »Wir brauchen die restlichen Zeugen nicht mehr vernehmen, denn es reicht aus, um uns ein Urteil zu bilden. Dann dauert es auch nicht mehr so lange und die Teufelsbuhlin aus Eckartsberga muss dem Richter zur Urteilverkündung vorgestellt werden.«

Sie hörte nur, wie die Bäuerin laut sagte: »In den letzten Tagen schlich sie ständig wie eine Katze um Bastian herum, nur um mit ihm zu sprechen oder sie wollte ihn verführen, um den Mann dem Feuer zu übergeben.«

Das Urteil

Unvermittelt ging die Befragung weiter, denn die Bäuerin, die zuerst befragt worden war, rief erneut: »Ich habe die Wahrheit gesagt und Euch gerecht geantwortet, aber ich möchte noch mehr erzählen. Wir nahmen die Magd freundlich und liebevoll auf, aber sie lohnte es uns übel. Mein Sohn liegt deswegen heute noch immer im Bett und ob er je wieder richtig gesund wird, weiß keiner. Ihr hörtet: Die Magd wollte meinen Sohn unbedingt heiraten, aber er hatte kein Interesse daran. Dadurch kam es mit der Magd zum Streit. Sie ergriff dabei die Grebe und warf ihm diese entgegen. Wie mein Sohn mir weiterhinerzählte, wollte sie ihm die Gabel in den Leib stoßen. Er konnte jedoch schnell zur Seite springen. Dann ergriff sie die Laterne und warf ihm diese nach und rief: ›Du sollst verbrennen.‹ Dies tat sie, weil er sich von der Magd befreien wollte, da diese ihm einen Antrag machte. Dadurch kam es zum Brand, den sie nicht zu löschen versuchte. Mein Sohn konnte es nicht, weil er sich beim Sprung ins Stroh verletzte und sich nur mit größter Mühe vorm Verbrennen rettete. Magdalena hingegen sprang wie eine Hexe im Stall herum und rief lachend: ›Brenne! Brenne! Brenne!‹ Wenn Ihr jetzt fragt: Wie konnte es zu allem kommen? Dann muss ich antworten: Ich habe sie, als sie zu uns kam, wirklich liebevoll aufgenommen. Eine

Woche später musste ich jedoch schon mit dem Herrn Pfarrer wegen ihres bösen Blicks und dem Umgang mit den Katzen sprechen. Eines Abends hörte ich, sie nimmt zumindest immer eine Katze ins Bett mit.

Dies sagte sie eines Tages zum Knecht. Nun versteht Ihr, dass ich darüber sehr empört war. Und im Stroh soll sie ihr stets den Hintern dargeboten haben.«

»Bäuerin, dies stimmt so nicht. Ich habe bisher geschwiegen. Ihr verurteilt mich wegen der Katzen. Habt Ihr einmal gesehen, wie sie die Mäuse und Ratten fängt? Euren Hof von Ungeziefer befreite?«

»Ihr seid doch gar nicht gefragt. Darum schweigt!«, schrie die Bäuerin. Wut und Groll drangen aus ihrem Mund. »Ich sage allen, du bist eine Hexe. Untersucht sie noch einmal und Ihr werdet bestimmt weitere Hexenmale finden, denn ich merkte, es war eine große Hexe.«

»Meine Herren Räte, wir sollten sie nochmals auf die Streckbank legen und dabei ihren Körper erneut untersuchen«, rief einer der Räte.

Die Büttel ergriffen das Weib deswegen nochmals und rissen ihr den Marterkittel vom Leib und warfen sie auf die Streckbank und banden ihre Hände fest.

Der Richter sagte dabei: »Schert sie am ganzen Körper. Holt den Doktor, damit das Scheren ordnungsgemäß verläuft. Keiner soll aber das Blut der Hexe berühren.«

Die Büttel ergriffen die Fackeln und versengten ihr daraufhin die Haare unter den Armen und auf den Kopf. An der Scham wurden die Haare vom Doktor beschnitten. Dabei wurden neue Hexenflecke gefunden und augenblicklich die Nadelprobe nochmals durchgeführt. Sofort stellte es sich dabei heraus, dass es eine viel größere Hexe war, als anzunehmen.

Dann wurde nochmals der Pfarrer befragt, aber er konnte nur sagen: »Was die Bäuerin sagte, entspricht der Wahrheit. Eine Woche nach der Einstellung machte mich die Bäuerin auf den Zustand aufmerksam. Ich überprüfte den Umstand so gut ich es konnte. Doch sie täuschte mich. Wir haben es ja jetzt gerade gesehen.«

Der Knecht erzählte nochmals von den Katzen, die sie jeden Tag fütterte und mit ins Bett nahm.

Dann stand der Richter auf und sagte: »Steht auf, denn das Gericht zieht sich jetzt zur Beratung zurück.«

Nach einer Stunde eröffnete der Richter das Verfahren wieder. Er sagte: »Nach eingehender Beratung kam das Gericht zu einem Entschluss. Die Magd Magdalena hat offen gestanden und die Anschuldigung freiwillig mehrfach wiederholt. Dieses Geständnis wurde von der Ertappten bereits auf frischer Tat gemacht und heute erneut bestätigt. Sie leugnete die Tat nicht mehr und bei der Befragung auf der Folter gestand sie alles nochmals freiwillig. Somit liegen für das Gericht starke Indizien vor und der Anlass des Brandes war die Gier der Magd, Bäuerin zu werden. Für solche Schändlichkeit hätten wir vor dem Brand, einen Hexenkommissar gebraucht, doch den besaßen wir nicht. Bei unserer Verhandlung haben wir dennoch die Wahrheit ans Tageslicht gefördert. Wir sollten nach der Beendung dieser Verhandlung die Akten dem Fürst übergeben, der in einigen Tagen bei uns verweilen wird, damit er sein entgültiges Urteil fällen kann. Er wird jedoch sagen: Ihr habt doch einen Richter und Ihr habt das freiwillige Geständnis der Frau. Was wollt Ihr mehr? Wir können momentan nur eine Empfehlung aussprechen. Wir könnten entsprechend dem Hexenhammer auch ein Urteil verkünden, aber dies steht uns eigentlich nicht zu. Nein, unser Herr soll entscheiden: Handelt es sich überhaupt um eine Hexe? Welcher Strafe unterliegt die Magd? Er allein kann an Hand der Untersuchungen feststellen, welche Bestrafung Ihr zukommt. Dabei wird ihn bestimmt die Juristische Fakultät unterstützen.«

Daraufhin wurde Magdalena in den Turm gesperrt und die Akten dem Herrn der Eckartsburg übergeben, damit der ein Urteil finden sollte und die Weiterleitung der Ursache erfolgen konnte. Doch er reichte das Untersuchungsergebnis weiter an den landesjuristischen Rat. Er sollte sicherheitshalber befragt werden. Danach brauchte nur noch das Urteil gesprochen werden.

Nach zwei Monaten sagte er, die Akten überweisend: »Die Angeklagte soll schwanger sein. Aus dem Grund darf momentan keine Strafe vollzogen werden. Legt die Akten nochmals vor, wenn die Angeklagte entbunden hat.«

Ab diesen Tagen lebte die Angeklagte im Turm und wurde vom Gefängniswärter täglich kontrolliert. Da der Landesvater für die nächsten Tage in Eckartsberge weilte, rechnete keiner mit einem schnellen Urteil.

Nach dem schnellen Prozess des großen Brandes wurde die Angeklagte aber nicht wie erwartet verurteilt.

Die Menschen aus Eckartsberga stellten fest, die Verurteilung dauerte länger als erwartet.

Ihr Aberglaube wandelte sich dennoch nicht in einen Glauben und ließ viel Hoffnung gedeihen. Da sagte der Richter:

Wer Anstand und Würde besitzt,
wird nicht verachtet.
Weil selbst dem Schmeichler oft nicht geglaubt wird.

Der Wächter sagte dazu :

Du musst nicht früher sterben, weil du arm bist.
Erst dann, wenn die Wahrheit jeden erhellt,
jede Seele erreicht, wird dein Urteil gesprochen.

Im Monat August ging es der Angeklagten durch eine fieberhafte Erkrankung gesundheitlich sehr schlecht und sie begann Klage über die Schmerzen im Leib zu führen. Sie konnte kaum aufstehen oder sich bewegen.

Der Richter sagte dazu: »Die Schwangere wollte die Erkrankung nicht zeigen und tapfer sein. Deshalb sagte sie nicht viel. Dann ging es jedoch nicht mehr und sie rührte kein Essen mehr an. Das war der Grund, weswegen die Erkrankung derart spät bemerkt wurde. Da wir keine Unmenschen sind, konnte die Krankheit dennoch behandelt werden.«

Da es keine weitere Hilfen gab, kam es zum

Ausstoß einer Totgeburt. Es war ein unterentwickeltes Kind, mit Verwachsungen durch Gewalteinwirkung. Die Kreuz- und die Leibschmerzen zeigten in den folgenden Tagen aber keine Besserung.

Aus dem Grund kam es im September zu einem neuen Schreiben an die juristische Fakultät. Doch der Richter verzögerte das Abschicken, weil er annahm, die Angeklagte würde ohne Urteil sterben. Im Oktober und November wurde die Sache erneut bearbeitet, so dass es im Januar zur Urteilsverkündung kam.

Der Richter las vor: »Fünf Tage nach Invocavit, am darauffolgenden Sonntag, werdet Ihr durch die Henker, im Schweiße Eures Angesichts das Holz zum Richtplatz schleppen und am Vorabend Reminiscare auf einem Karren zum Richtplatz gefahren werden, damit dort am Abend euer Körper verbrannt werden kann. Den ehrlichen Tod könnt Ihr nicht mehr erhalten, weil durch Euch zu viele Menschen sterben mussten.«

Der einsame Weg

Die Herren vom landesjuristischen Rat stellten fest: »Diese Hexerei war ein todeswürdiges Verbrechen. Die Strafe kann nur in der Benutzung des Scheiterhaufens bestehen.«

Es wurde vom Kollegium der juristischen Fakultät festgestellt: »Ein Christenmensch hätte solche Hexerei nie zugelassen oder hätte solches niemals fertiggebracht. Aus dem Grund ist der Abschluss des Teufelspaktes Hochverrat und muss nach den dazu vorliegenden Gesetzen abgeurteilt werden. Diese Ketzerei muss letztendlich mit dem Verbrennen gesühnt werden, sonst kann die Magdalena das Jüngste Gericht nicht überstehen. Nur die reinigende Kraft des Feuers kann so hexische Existenz vernichten und für die Menschen von Eckartsberga die notwendige Erlösung bringen. Was Mensch und Tier vernichtet, kann nicht durch ein Begräbnis oder einen ehrlichen Tod seine Ruhe finden. Es wird im Hexenhammer gesagt: Feuer muss immer mit Feuer bekämpft werden. Dies muss so getan werden, damit die Asche der Verbrannten verstreut werden kann und ein neuer reiner Mensch daraus entsteht, der sich die Asche als Vergebung der Sünde auf sein Haupt streut. Wir können das Richten mit dem Schwert leider nicht vollziehen, weil es zu viele Sünden sind, welche die Angeklagte beging, eine solche Teufelin muss brennen. Diese Sündhaftigkeit kann vom keinem anderen Maß gelöst werden, da die Hexe sonst nicht erlöst wird, damit der himmlische Vater und die Menschen des Ortes durch die Hinrichtung dieser Person versöhnt werden.

Bedenkt immer: Die Hinrichtung versöhnt auch die geschädigten Menschen des Tales mit Gott und ihn mit uns. Er wird der Sünderin so gnädig sein und den Menschen des Tales danach alles vergeben.«

Die Kosten des Verfahrens übernahm der Herr der Burg, weil er nicht wusste, wen er damit belegen konnte. Der zuständige Amtmann hatte die Kosten bereits so niedrig als möglich gehalten und eine schnelle Entscheidung mit dem Urteilspruch herbeigeführt.

Fünf Tage nach Invocavit musste Magdalena den Gang ihres Lebens antreten. An dem Tag stand Ihr der schwerste Gang ihres Lebens bevor.

Die Henkersknechte holten sie aus dem Verlies und sagten: »Zuerst sollst du das Stroh und Holz ergreifen und zu deiner Richtstätte im Schweiße deines Angesichts tragen.«

Fünf Tage nach Invocavit, wurde die so schmählich Betrogene von den Henkersknechten ergriffen und angetrieben, das trockene Stroh am Fuße des Berges zu ergreifen, um später auch noch das trockene Holz, welches dort aufgeschichtet lag zur Richtstätte zu bringen. Wenn sie nicht weiter konnte oder nicht weiter wollte, dann halfen die Ruten, die Schläge der Henkersknechte, den Transport des Richtmaterials zügig durchzuführen. Sie heulte und schluchzte dabei, doch niemand hatte mit ihr Mitleid. Besonders die Schläge auf den Leib trieben sie stetig voran. Fast den ganzen Tag musste sie das Brennmaterial bergauf schleppen, damit der Scheiterhaufen am Abend lodernd brennen konnte.

Sie musste den ganzen Tag Berg rauf und runter sogar im Laufschritt dahineilen, denn es bereitete den Henkersknechten Freude, sie schwitzen und stöhnen zu lassen oder wenn sie fast zusammenbrechend nicht weiter konnte, mit Peitschenhiebe anzutreiben

Dabei malte der Tag ein so schönes Bild und die Sonne lachte so fröhlich, dass sie immer wieder sagte: »Der Teufel sagte mir des Abends immer, wenn er mich im Verlies besuchte, du wirst deiner Schande nicht entgehen. Hättest du nichts gesagt, dann hätte ich dir helfen können, so wie ich dich des Abends besuchen kann.«

Als nach der Tagesplage der Abend anbrach, wurde sie auf den Karren gebunden, der von einem Ochsen gezogen wurde und mit ihr durch Eckartsberga fuhr, damit die Menschen die Angeklagte bespucken und bewerfen konnten. Um sie während der Nacht nicht gebunden an den Materpfahl zu stellen wurde das Schauspiel der Hinrichtung auf den Abend verlegt, um es besonders gut während der Dunkelheit verfolgen zu können. Wurde zur Richtstätte gebracht, die sich gegenüber dem Schloss befand, so dass dieses Schauspiel sogar vom Balkon des Schlosses gut verfolgt werden konnte, die adligen Gästen der Verbrennung beiwohnen konnten.

Leise und laut fragte sie sich den ganzen Tag: »Soll das mein Leben gewesen sein? Mein Leben wirklich schon gewesen sein? Mein Leben so zu Ende gehen? Herr warum tust du mir solches an? Ich habe immer nur gehorcht, damit keinem ein Leid geschieht und dennoch haben mich die Menschen verurteilt. Sie nahmen nicht einmal Rücksicht auf meinen schwangeren Leib, als sie mich in den Turm sperrten, um mich dort zu verteufeln. Sie sagten, es sei eine Hexenbrut gewesen, die nicht leben darf und deswegen sterben musste! Wenn ich aber nicht leben darf, dann müsste eigentlich auch der Bastian brennen, denn er versenkte einst diese Last in mir. Was bedeutet es mir? Was bedeutet es den anderen? Damit wird nichts besser oder verändert sich etwas am Gewesenen. Alles bleibt, wie es ist. Wem gehört mein Leben eigentlich? Darf dir das Leben eigentlich jemand nehmen, außer Gott? Die Gebote lauten: Du darfst nicht begehren, und jetzt begehren sie mein Leben und sagen, es wäre wegen der christlichen Nächstenliebe, um die anderen zu retten. Schuld an allem ist nur das Weib des Altbauern. Sie wollte den Sohn behalten und mich ausschalten.«

Am Vorabend von Reminiscare wurde Magdalena auf einen Schiebekarren gebunden und durch die Elendstätte ihrer Tat gefahren. Die Menschen, die diesem Schauspiel beiwohnten, bespuckten sie, als sie auf der Karre lag und bewarfen sie, ehe sie zur Feuerstätte gebracht wurde, mit Steinen. Dauernd murmelte sie: Wenn ich die Liebe behalten hätte, dann hätte

110

auch meine Liebe bestand gehabt. Wäre es nie zu der Bosheit gekommen, die mich nun zwingt den Tod ins Auge zu sehen, aber sie haben mir diese nicht gegönnt.

An der Brandstätte musste sie vor allem Volk, welches sich zur Hinrichtung versammelt hatte, erneut ihre Buße öffentlich anzeigen, ihre Schande hinausschreien.

Der Pfarrer sagte: »Den ehrlichen Tod durch das Richtschwert konntest du nicht sterben, weil du zu viel Schuld auf deine Seele ludest. Deswegen sollst du hier am Richtpfahl vor den Augen aller deinem Tod entgegensehen, um allen zu zeigen, wie jene Mitmenschen durch den Brand, den du verursachtest, starben. Durch das Verbrennen am Schandpfahl musst du vor Gott den Tod der 17 Menschen, die in den Flammen umkamen oder dort erstickten, also das große Leid und den unermesslichen Schaden, den du unserer lieben Stadt antatest, büßen und sühnen.«

Am Sonntag, fünf Tage nach Invocavit, am Vorabend Reminiscare wurde sie nicht nur am Abend zur Richtstätte gefahren, sondern auch gerichtet.

Sie sagte immer wieder: »Herr erhöre mich und vergib mir meine Schuld! Erbarme dich der armen Sünderin. Herr, gebrochen an Leib und Seele stehe ich heute vor dir, weil ich liebte und der Liebe nicht entsagen konnte. Mit mir starb auch das neue Leben in mir, welches jetzt schon eine ganze Zeit tot ist und vollkommen unschuldig sterben musste. Sei auch diesem Wesen gnädig, wenn ich es im Gebet mit einbeziehe. Wenn nur nicht die Schwangerschaft gewesen wäre und er zu seinem Wort gestanden hätte …«

Megdalena überlegte: »Die Mutter hat gesagt, alles wird besser werden! Aber es ist nie besser geworden. Ich besaß Anstand und Würde und muss als gescholtene Person in Gottes Reich eingehen. Warum?«

Erst mit der hereinbrechenden Dunkelheit wurde die Magd an den Schandpfahl gebunden. Der Pfarrer gab ihr beim Gang zum Pfahl das seelische Geleit und die Knechte schürten rasch das Feuer. Ein frischer Wind ließ die Flammen, als das Anfachen vollzogen war und das Weib anschmorte, es unter Wehklagen begann am Schandpfahl stehend zu verbrennen, laut zu schreien. Dann sank die Magd, dort im entzündeten Flammenmeer, in der Glut der Hitze zusammen, bis von ihr nichts übrig blieb, außer die Asche.

Der Pfarrer sagte beim Züngeln der Flamme und dem Wehgeschrei zur Gerichteten: »Gekommen sind für uns nun die Tage der Buße, um alle Sünden zu sühnen, damit auch deine Seele gerettet werden kann.

Er dachte beim Brennen, im stillen Gebet neben den Flammen, an Magdalena: ›Sie ergab sich dem Schicksal und stellte sich oft die Frage: Habe ich wirklich nichts aus der Geschichte vom Treuen Eckart gelernt? Warum nur habe ich mich so sündhaft verhalten? Weil dir die Erkenntnis ausblieb, deshalb musstest du den Weg der Einsamkeit derart heftig spüren. Ich weiß du hast dich oft gefragt: Warum hast du den Worten des Pfarrers

112

nicht besser gelauscht? So wäre dir die Schande, die dir wiederfuhr, bestimmt erspart geblieben.‹

Der Pfarrer sagte bei seiner Andacht neben der Brennenden: »Die Totenwache konnte dir wegen der Nichteinhaltung der Treue keinesfalls gewährt werden. Wodurch du ohne Begleitung in das Reich Christi eingehen musst.« Dann sprach er ein Vaterunser und gab zu bedenken. »Ich rufe dir zu: Du erhältst als letzte Wegzehrung auch kein Brot, weil deine Beichten auf Erden fehlgeleitet wurde. Denn du standest mit bösen Geistern in Verbindung. Ich weiß, jene bereiten dir nun einen furchtbaren Todeskampf. Wirst nur die Flüche und Verwünschungen vernehmen, die durch den Brand entstanden, weil du Selbst vielen Sündern keinen ehrlichen Tod schenktest.«

Die Menschen des Tales, hörten beim Entzünden des Scheiterhaufens jedoch die Glocken läuten und der Herr des Ortes beobachte das Verbrennen der Hexe von seiner Burg.

Die Versammelten des Tales nannten daraufhin den Weg, den Magdalena zuletzt ging, also den Gang zum Richtplatz und den Platz der Hinrichtung von da an, zur bleibenden Erinnerung an die Verbrennung: »Brandsäule«.

Hier singt im Frühjahr, wenn der Wind wehklagend durchs Tal dahinjagt, das Lied des Todes welches jeder vernehmen kann: »Gekommen sind für uns nun die Tage der Erinnerung, der Buße und Sünde, um die gescholtenen Seelen zu erretten.«

Heute brennt im Tale und auf allen Höhen hin und wieder das Osterfeuer als frohe Botschaft, dass der Frühling den Winter besiegte und das Licht die Finsternis überwand, das Böse durch die Asche zu Grabe getragen wurde. Selbst am Ort, wo die Brandsäule einst zu sehen war, leuchtet noch heute das Feuer der Erkenntnis. Denn ein Leben ist viel zu schade, um es dem Tod zu übergeben.

Der Pfarrer überlegte neben der Verstorbenen stehend: Als Trost will ich dir liebe Magdalena, hier das Geleit geben, damit du in Gottesreich zurückgeführt werden kannst. Denke immer an die Himmelspforte, die sich dir nur auftut, wenn du den Berg hinaufsteigst.

In diesen Sekunden fielen dem Pfarrer die Boten des Todes ein, welche einst sagten: »Sterben wirst du nicht! Denn der Wind war dein himmlischer Begleiter. Er wird auch in späterer Zeit dein Lied singen, um allen von den Vorfällen Kunde zu geben.

Folge der Stunde des Abschieds von dieser Welt, da sie für dich kam. Ich werde entsprechend deines Wunsches alles vorbereiten und die entsprechenden Gebete sprechen.«

Er überlegte und dachte: ›Geist willst du dein Wort je brechen? Solltest du mir vorher deine Boten übersenden?‹

›Schweig du kleiner, nichtiger Mensch. Sandte ich dir nicht das Fieber als sie in der Zelle lag? Sandte ich dir nicht die Versuchung, der du selbst im Bett der Liebe nicht wiederstandest? Ward es dir nicht vor den Augen dunkel, als sie in der Zelle schlief? Über das alles hat mir der Schlaf, mein leiblicher Bruder, berichtet. Lagst du letzte

114

Nacht nicht im Bett, als wäre sie schon lange gestorben? Jetzt weißt du nichts zu erwidern. Übergib dich darum deinem Schicksal, welches du dir erwähltest und rufe den Herr um Vergebung deiner Sünden an.‹

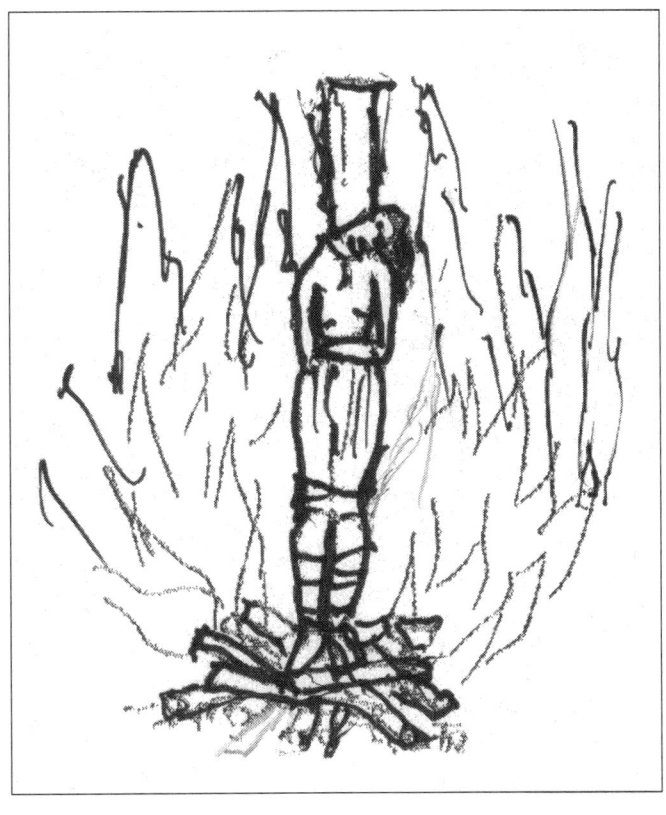

Angesichts der Eckartsburg dichtete J.W. Goethe
am 17. 4. 1813 die Ballade – **Der getreue Eckart** –
   Er schrieb diese während eines Postwechsels
nieder.

Der getreue Eckart

»O wären wir weiter, o wär ich zu Haus!
Sie kommen, da kommt schon der nächtliche
      Graus;
Sie sind's, die unholdigen Schwestern.
Sie streifen heran, und sie finden uns hier,
Sie trinken das mühsam geholte, das Bier,
Und lassen nur leer uns die Krüge.«

So sprechen die Kinder und drücken sich schnell;
Da zeigt sich vor ihnen ein alter Gesell:
›Nur stille, Kind! Kinderlein stille!
Die Hulden, sie kommen von durstiger Jagd,
Und lasst Ihr sie trinken, wies jeder behagt,
Dann sind sie Euch hold, die Unholden.‹

Gesagt so geschehen! und da naht sich der
      Graus
Und siehst so grau und so schattenhaft aus,
Doch schlürft es und schlampft es aufs beste.
Das Bier ist verschwunden, die Krüge sind leer;
Nun saust es und braust es, das wütige Heer,
Ins weite Getal und Gebirge.

Die Kinderlein ängstlich gen Hause so schnell,
Gesellt sich zu ihnen der fromme Gesell:
›Ihr Püppchen, nur seid mir nicht traurig.‹

»Wir kriegen nun Schelten und Streich bis aufs
    Blut.«
›Nein keineswegs, alles geht herrlich und gut,
Nur schweigt und horchet wie Mäuslein.

Und der es Euch anrät und der es befiehlt,
Er ist es, der gern mit den Kindern spielt,
Der alte Getreue, der Eckart.
Vom Wundermann hat man Euch immer erzählt,
Nur hat die Bestätigung jedem gefehlt.
Die habt Ihr nun köstlich in den Händen.‹

Sie kommen nach Hause, sie setzen den Krug
Ein jedes den Eltern bescheiden genug
Und harren der Schläg und der Schelten.
Doch siehe, man kostet: ein herrliches Bier!
Man trinkt in die Runde schon dreimal und vier,
Und noch nimmt der Krug nicht ein Ende

Das Wunder, es dauert zum morgenden Tag.
Doch fraget, wer immer zu fragen vermag:
Wie ist's mit den Krügen ergangen?
Die Mäuslein, sie lächeln, im stillen ergetzt;
Sie stammeln und stottern und schwatzen zu-
    letzt,
Und gleich sind vertrocknet die Krüge.

Und wenn Euch, Ihr Kinder, mit treuem Gesicht
Ein Vater, ein Lehrer, ein Aldermann spricht,
So horchet und folget ihm pünktlich!
Und liegt auch das Zünglein in peinlicher Hut,
Verplaudern ist schädlich, verschweigen ist gut;
Dann füllt sich das Bier in den Krügen.